আমাতে তুমি

PREMER MODHYE BHALOBASHA KHOJAR KAHINI

AF899938

স্বাগতম সেনগুপ্ত

Copyright © Swagatam Sengupta
All Rights Reserved.

This book has been published with all efforts taken to make the material error-free after the consent of the author. However, the author and the publisher do not assume and hereby disclaim any liability to any party for any loss, damage, or disruption caused by errors or omissions, whether such errors or omissions result from negligence, accident, or any other cause.

While every effort has been made to avoid any mistake or omission, this publication is being sold on the condition and understanding that neither the author nor the publishers or printers would be liable in any manner to any person by reason of any mistake or omission in this publication or for any action taken or omitted to be taken or advice rendered or accepted on the basis of this work. For any defect in printing or binding the publishers will be liable only to replace the defective copy by another copy of this work then available.

আমাতে তুমি

স্বাগতম সেনগুপ্ত

এই কাহিনীটা একটু অন্যরকম ভাবে লেখা | চলচিত্রের চিত্রনাট্যের মতো করে লেখা, এবং কিছু কিছু জায়গাতে ক্যামেরার ব্যবহার পর্যন্ত উল্লেখ করা আছে | আশা করি পাঠকদের এইরকম ভাবে কোনো গল্প পড়তে ভালো লাগবে |

Scene1.

Ext. Day

[ভিড় রাস্তা, সেই রাস্তা দিয়ে ক্যামেরা ঘুরতে ঘুরতে একটা ক্যাফের দিকে দেখে| তারপর ক্যাফের কাঁচের দরজার দিকে এগিয়ে যায় |]

Int. Restaurent/café Day

[ক্যামেরা পুরো ক্যাফেটা ঘুরে দেখতে থাকে | কিছু কিছু টেবিল ভর্তি, কোথাও কিছু বয়স্ক মহিলা বসে কফি খাচ্ছে, কোথাও কিছু ছেলে মেয়ে একসাথে বসে কথা বলছে | ক্যামেরা ঘুরে চলে যায় সোজা একটা মেয়ের দিকে | মেয়েটির নাম রঞ্জনা, বয়স ২৪ বছর, গায়ে ওয়েট্রেসের পোশাক | হাতে একটা কফির ট্রে নিয়ে সোজা এসে হাজির হয় হাসি মুখে এক বয়স্ক মহিলার টেবিলের কাছে | মহিলা হেসে তাকায়, রঞ্জনা কফিটা ট্রে থেকে সামনে রাখে |]

মহিলা

(একটু হেসে)

Thank you sweetheart, সকাল সকাল একবার তোমার হাসি মুখটা না দেখলে, মনে হয় না যে দিনটা শুরু হলো |

রঞ্জনা

(হেসে)

আমারও তাই, আপনারা যারা এখানকার রেগুলার কাস্টমার আছেন, আপনাদের সাথে এমন একটা সম্পর্ক হয়ে গেছে এখন, একদিন যদি আপনাদের কাউকে না দেখি, মনে হয় যে দিনটা অসম্পূর্ণ রয়ে গেলো |

[রঞ্জনা হেসে টেবিল থেকে সরে যেতেই দেখলো ক্যাফের বাইরে কাঁচের দরজার বাইরে একটা নোংরা জামা পড়া বাচ্চা মেয়ে দাঁড়িয়ে আছে | রঞ্জনা ওইদিকে তাকাতেই মেয়েটা হেসে রঞ্জনার দিকে হাত নাড়ে| রঞ্জনা হেসে হাত নেড়ে ইশারা করে মেয়েটিকে অপেক্ষা করতে বলে | তারপর রঞ্জনা কাউন্টারে ফিরে গিয়ে ট্রে রেখে, একটা কাগজের মোড়ক নিয়ে চারপাশ দেখে সাবধানে বাইরে বেরিয়ে আসে মেয়েটার কাছে |]

Ext. ক্যাফের বাইরে দরজার কাছে

রঞ্জনা

Contd..

(হেসে মোড়কটা মেয়েটাকে দিয়ে দেয়)

দুটো বার্গার আছে, একটা তুই খাবি আর একটা ভাইকে দিবি, বুঝলি |

মেয়েটা

(হেসে মোড়কটা নিয়ে)

ঠিক আছে, কিন্তু দিদি, তুমি রোজ আমাকে সকালে কিছু না কিছু জলখাবার দাও, এটা যদি তোমার মালিক জানে, তাহলে কি হবে ?

রঞ্জনা

(হেসে)

আমি কি তোকে চুরি করে খাওয়াই নাকি, আমি যেটা তোকে দি, সেটার পয়সা আমি ক্যাশ কাউন্টারে গিয়ে দিয়ে দি | তোকে এইসব ভাবতে হবে না...তুই এখন ভাগ এখান থেকে |

Int. ক্যাফের ভিতর

[রঞ্জনা হেসে ক্যাফের ভেতর ঢুকতেই সামনে তাকিয়ে থমকে দাঁড়ালো | রঞ্জনার সামনে দাঁড়িয়ে আছে ক্যাফের মালিক | মোটা চেহারা, চোখে মুখে একটা রাগের ছাপ |]

রঞ্জনা

(একটু মেকি হাসি হেসে)

হ্যালো স্যার, কিছু বলবেন ?

মালিক

(কিছু না বলে শুধু ঘাড় নেড়ে জানায় যে সে কিছু বলতে চায়)

রঞ্জনা

(একভাবে)

বলুন না স্যার,

মালিক

(রেগে)

ক্যাশ থেকে নিজের হিসেব বুঝে নাও, কাল থেকে যেন এই ক্যাফেতে তোমাকে না দেখি|

রঞ্জনা

(করুণভাবে)

কিন্তু কেন স্যার ?

মালিক

(রেগে)

আমরা ক্যাফের খাবার কোনো রাস্তার ভিকিরিকে খাওয়াবার জন্যে না|

রঞ্জনা

(করুন ভাবে)

কিন্তু স্যার, ওই খাবার আমি নিজের পয়সা দিয়ে কিনে তারপর ওকে দিয়েছিলাম|

মালিক

(রেগে)

সেটা আমি জানি, কিন্তু তোমার এই কাজের জন্য আমার ক্যাফের আর আমার খাবারের স্ট্যান্ডার্ডে ইফেক্ট পড়ছে| আমি আর কথা বাড়াতে চাই না,you just leave...

Cut to.

Credit starts with a background song

Ext. Road/ park

[রঞ্জনা কাফে থেকে বেরিয়ে হাঁটতে থাকে, বিমর্ষ হয়ে | কখনো কখনো পার্কে বসে, কখনো রাস্তার দিয়ে হেটে যাচ্ছে নিজের বাড়ির পথে |]

Scene 2:Int. রঞ্জনার বাড়ি/খাবারের টেবিল রাত

[রাতে খাবারের টেবিলে বসে আছে রঞ্জনা আর তার বোন সঞ্জনা | একটু দূরে দাঁড়িয়ে আছে এদের বাবা অবিনাশ রায় | অবিনাশের স্ত্রী সাহানা তার দুই মেয়েকে খেতে দিচ্ছে | অবিনাশের মুখে একটা বিরক্তির ছাপ, সাহানা সবকিছু একটু হালকা করার চেষ্টা করছে | সঞ্জনা মুখ নিচু করে খেয়ে যাচ্ছে আর মাঝে মাঝে চোখ লুকিয়ে সামনে তার দিদিকে দেখছে | রঞ্জনা মাথা নিচু করে খেয়ে যাচ্ছে |]

অবিনাশ

(বেশ বিরক্তির সুরে)

মানুষকে চাকরি করতে গেলে অনেক সাত পাঁচ ভেবে কাজ করতে হয়, চাকরি মানে হলো চাকরগিরি করা, সেখানে নিজের মন মর্জি মতো চলা যায় না |

সাহানা

(অবিনাশের দিকে তাকিয়ে)

তুমি কি ওকে একটু নিশ্চিন্তে খেতে দেবে না ? আর ও তো প্রথম কেউ না, যার চাকরি চলে গেছে |

অবিনাশ

(সমান বিরক্তি নিয়ে)

সেটা না, তবে শেষ সাত মাসে এই নিয়ে চারটে চাকরি...কোনো জায়গাতেই তোমার মেয়ে আর নিজেকে ঠিক রাখতে পারলো না |

রঞ্জনা

(অবিনাশের দিকে তাকিয়ে)

কিন্তু এই চাকরিটা যাওয়ার পেছনে আমার দোষটা কোথায় বলতে পারো ? আমি চুরি করেছি ? কোনো কাজে ফাঁকি দিয়েছি না আমাকে কোনো কাজ দিয়েছে, আর আমি সেটা করিনি ? একটা গরিব ভিকিরি মেয়েকে আমি নিজের পয়সাতে খাবার কিনে দিয়েছি, এটা আমার দোষ?

অবিনাশ

Contd..

(উত্তেজিত হয়ে)

না..কোনো গরিবকে খাওয়ানোটা কোনো অন্যায় না, কিন্তু যে ক্যাফেতে তুমি কাজ করো, সেই ক্যাফের খাবার কিনে খাওয়ানোর কি প্রয়োজন ছিল ?

সাহানা

(অবিনাশকে শান্ত করার চেষ্টা করে)

তুমি এতো উত্তেজিত হচ্ছো কেন, সব ঠিক হয়ে যাবে |

অবিনাশ

কি ঠিক হবে সাহানা ? আজকের দিনে একটা চাকরি গেলে আরেকটা চাকরি পাওয়া এতো সহজ নাকি ? তুমি আমাকে দেখে বুজছো না ?

রঞ্জনা

(খাবারের টেবিলে মাথা নিচু করে গম্ভীর হয়ে)

মানছি আমাদের পরিবারে পয়সার ভীষণ দরকার আজ, কিন্তু কোনো ছোট মনের মানুষকে এইভাবে আমি সাপোর্ট করতে পারলাম না | পারলে আমাকে ক্ষমা করে দিয়ো |

[রঞ্জনা খাবার টেবিলে ছেড়ে উঠে ঘর থেকে বেরিয়ে যায় | সঞ্জনা খাবার টেবিলে বসে তার বাবা মা দুজনের দিকেই তাকায় |]

সঞ্জনা

তোমরা একথাগুলো পরে বলতে পারতে না ? কেউ কি ইচ্ছে করে চাকরি ছাড়ে ? এই পরিবারে বাবার পাশে দাঁড়াবার জন্য রঞ্জনা সবসময় চেষ্টা করছে, আর সেটা তোমরা ভালো করেই জানো, তবুও মেয়েটার কোনোকিছুর অসুবিধাতেই

তোমরা বলতে ছাড়ো না | ও যদি তোমাদের কে বুঝে তোমাদের পাশে দাঁড়াতে এগিয়ে আসে, তোমাদের ওকে একটু বুঝতে কি খুব অসুবিধা হয় ?

[সঞ্জনা খাবার টেবিলে থেকে উঠে বেরিয়ে যায় | অবিনাশ আর সাহানা চুপ করে দাঁড়িয়ে থাকে | সঞ্জনা বেরিয়ে গেলে অবিনাশ চেয়ারের ওপর বসে পড়ে বিমর্ষ হয়ে | টেবিলের ওপর মাথা নিচু করে বসে থাকে| সাহানা তার স্বামীর পিঠে হাত রেখে বোঝানোর চেষ্টা করে |]

সাহানা

(সহানুভূতির সাথে)

তুমি সঞ্জনার কথাটা কিছু মনে করো না, ও আসলে রঞ্জনাকে কেউ কিছু বলুক একদম পছন্দ করে না| সব ঠিক হয়ে যাবে, দেখো|

অবিনাশ

(বিমর্ষ হয়ে।

না সাহানা না, ওরা কেউ ভুল বলেনি। এই সংসারটার দায়িত্ব আমার, সেখানে আমাকে ভরসা করতে হচ্ছে আমার মেয়ের রোজগারের ওপর। আমার চাকরিটা যদি ঠিক থাকতো, তাহলে আমি আমার মেয়েদের কিভাবে রাখতাম, তুমি জানো সেটা। কিন্তু আমি অপারক...আমি তো চেষ্টা করছি, বলো তুমি।

সাহানা

(বুঝিয়ে বলে)

আমি তো বলছি, মানুষের জীবনে খারাপ সময় আসে, আবার চলেও যায়, ভেঙে পড়লে চলবে? আমাদের মেয়ে রঞ্জনা যথেষ্ট বুদ্ধিমতী, ওর মতো মেয়ে হয় না, দেখবে কাল সকালেই আবার সব ঠিক হয়ে যাবে।

অবিনাশ

(চেয়ারে বসে তাকায় সাহানার দিকে)

আমি জানি সেটা, রঞ্জনা আমার মেয়ে না শুধু, রঞ্জনা আমার গর্ব। কিন্তু অবস্থার চাপে যখন ওকে কিছু বলে ফেলি, তারপর নিজের মধ্যেই অনুশোচনা হয় সবথেকে বেশি। মানুষ যাকে বেশি ভরসা করে, রাগটাও যে তার ওপরই বেশি করে। ভরসা কেন যে প্রত্যাশার আকার নেয়, কে জানে।

Scene 3.

Ext. একটা পার্ক ভোরবেলা

Contd..

[ভোরবেলা পার্কে সবাই জগিং করছে। রঞ্জনা জগিং করে ক্লান্ত হয়ে একটা রেলিঙের ওপর বসে জলের বোতল থেকে জল খাচ্ছে। রঞ্জনার মুখে একটা চিন্তার ছাপ। একটু দূর থেকে দেখা যাচ্ছে রকি জগিং দৌড়োতে দৌড়োতে আসছে রঞ্জনার দিকে। রকি হলো রঞ্জনার বয়ফ্রেন্ড। রকির মুখে একটা অদ্ভুত উৎফুল্লতা। রকি দৌড়ে এসে রঞ্জনার সামনে দাঁড়ায়।]

রকি

গুড মর্নিং রনজু...কি হলো, আজ দম শেষ ?

রঞ্জনা

(হালকা হেসে)

গুড মর্নিং চ্যাম্প...দমও শেষ, মনে হচ্ছে জীবনটাও শেষ।

রকি

(ভুরু কুঁচকে)

কেন ? কি হলো ?

রঞ্জনা

(একটা দীর্ঘশ্বাস ছেড়ে)

I have lost my job, again .

রকি

(হেসে)

সেতো যাবারই ছিল | আমি কতবার বলেছি যে এইসব চাকরি বাকরি তোর জন্যে না |

রঞ্জনা

কিন্তু তুই তো জানিস বাবার চাকরিটা আচমকা চলে গেছে, লাস্ট একবছর ধরে বাবা চেষ্টা করছে আরেকটা চাকরির, কিন্তু এইসময় যদি আমি কিছু ফিনান্সিয়াল সাহায্য না করি, কিভাবে হয় বল |

রকি

তোর তো এটাই সমস্যা, খালি সেন্টু খেয়ে চলিস |

রঞ্জনা

(আশ্চর্য হয়ে)

মানে ? এটাতে আবার সেন্টু খাওয়ার কি হলো ?

রকি

শোন, সংসারটা কি তোর ? ওটার দায়িত্ব তোর বাবার | তুই ওই পরিবারের একটা অংশ, তোর বাবার রেসপনসিবিলিটি | আর তুই গোটা পরিবারকে নিজের রেসপনসিবিলিটি বানিয়ে বসে আছিস | কত করে বলছি, আমার ক্লাবে আয়, ফিটনেস ট্রেনিং নে|

রঞ্জনা

(অবাক হয়ে)

ফিটনেস ট্রেনিং নিয়ে কি হবে ?

রকি

তারপর শিখে নিয়ে বিভিন্ন কম্পিটিশনে যাবি, নিজে ক্লাব খুলবি, পয়সাই পয়সা|

রঞ্জনা

(রকির কথা শুনে যেন কিছু বলার নেই)

তোর কথার যে কি উত্তর দেব, বুঝতে পারছি না |

রকি

(হেসে উত্তেজিত হয়ে)

বুঝতে হবে না, শোন, কাল ইন্টার ক্লাব বক্সিং কম্পিটিশন ছিল, আমার আর ভুতোর সাথে | ভুতোর শালা হেভি ঘ্যাম ছিল নিজের পাঞ্চের ওপর | মালটাকে জাস্ট পাঁচ মিনিটে ফেলে দিয়েছি | গুরু হেভি খুশি বুঝলি, সামনে জোনালের জন্য তৈরি হচ্ছি |

রঞ্জনা

আর তোর supplimenter ব্যবসা ?

রকি

(হাত ধরে টেনে রেলিং থেকে নামে রঞ্জনাকে)

সব ঠিক চলছে, এখন রান বাবু , জাস্ট রান |

[রঞ্জনা কিছুটা দৌড়ে হাঁফিয়ে দাঁড়িয়ে পড়ে |]

রঞ্জনা

(হাঁফাতে হাঁফাতে)

আমার দ্বারা আর হবে না আজ, আজ হাঁফিয়ে গেছি একদম |

[রকি দৌড়োতে দৌড়োতে চলে যায় হাত নাড়তে নাড়তে | রঞ্জনা দাঁড়িয়ে হাঁফাতে থাকে |]

রকি

(দৌড়োতে দৌড়োতে পেছনে রঞ্জনাকে ফেলে)

bye রনজু , তুই হাঁফাতে থাকে,,,,সন্ধ্যেবেলা দেখা হচ্ছে |

Scene 4.

Ext. ভিড় রাস্তা দিন

[কলকাতার ব্যস্ত ভিড় রাস্তা | ক্যামেরা পুরো রাস্তা দেখিয়ে একটা বিশাল অফিস বিল্ডিংকে রাস্তা থেকে ওপর পর্যন্ত দেখাতে থাকে |]

Cut to.

[ক্যামেরা একটা অফিসের ভেতর দিয়ে একটা কাঁচের ঘরের সামনে এসে দাঁড়িয়ে যায় |]

Cut to.

[ঘরের ভেতর চশমা পড়া একজন মধ্যবয়সী ছেলে বসে আছে, সামনে কম্পিউটার খোলা আছে | আর তার সামনে বসে আছে রঞ্জনা |]

Job Consultant

আমরা ইন্টারভিউ পাইয়ে দেব, কিন্তু ইন্টারভিউ দিয়ে চাকরি তোমাকেই পেতে হবে | আমরা কোনো রেজিস্ট্রেশন চার্জ করি না, তবে প্রতি ইন্টারভিউ আমরা হান্ড্রেড রুপীস নেই | তোমার সিভি পেয়েছি, তুমি

মেইল করেছিলে, যদি রাজি থাকো তো ...বলো

রঞ্জনা

(আগ্রহের সাথে)

হ্যাঁ, সেটা আমাকে ফোনেই বলে দেওয়া হয়েছিল...প্লিজ একটু দেখুন না..আমার ভীষণ প্রয়োজন আসলে..

[ছেলেটা কম্পিউটারের মধ্যে রঞ্জনার সিভি দেখতে থাকে, আর জব মেলাতে থাকে |]

Job Consultant

হমমম.. তোমার কোনো সেরকম অফিস এক্সপেরিয়েন্স নেই, আর কোনো কম্পিউটার নলেজও নেই | ছয়মাসে তুমি চারটে চাকরি বদলেছো | it's a really bad impact on your cv.

রঞ্জনা

(ব্যাকুল হয়ে)

কিন্তু বিশ্বাস করুন, কোনোটাতেই আমার কোনো দোষ ছিল না... কিন্তু..

ছেলেটা চশমার ওপর দিয়ে তাকায় রঞ্জনার দিকে, তারপর একটু ব্যাঁকা হাসি হেসে আবার কম্পিউটার দেখতে থাকে |

Job consultant

তোমার সাথে কোনোকিছুই ম্যাচ করতে পারছি না...তবে..(বলে কিছুক্ষন চুপ করে কম্পিউটার দেখতে থাকে)

রঞ্জনা

Contd..

(ব্যাকুলতার সাথে)

তবে....প্লিজ দেখুন না..চেষ্টা করুন..ঠিক হবে |

Job Consultant

(চশমার ওপর দিয়ে অবাক হয়ে তাকায়)

ঠিক হবে মানে ? কি হবে ?

রঞ্জনা

আমার ব্যবস্থা, ঠিক আপনি একটা কিছু করে দিতে পারবেন |

Job consultant

(গলাটা একটু ঝাকিয়ে আবার কম্পিউটারের দিকে তাকায়)

তাই বলুন...

(তারপর একটু আগ্রহের সুরে)

একটা ম্যাচ পেয়েছি...এখানে কোনো অফিসের অভিজ্ঞতা বা কম্পিউটার জানার দরকার নেই.. তবে..

রঞ্জনা

(খুব উৎসাহিত হয়ে)

তবে..? পারবো আমি.. কোনো চাপ নেই |

Job Consultant

চাপ নেই সেটা বুঝলেন কি করে ? আমি তো কাজ সম্পর্কে কিছু বলিনি এখনো |

রঞ্জনা

(একটু ইতস্তত হয়ে)

না...মানে.. আমি বলতে চাইছি যে ...আমি যেকোনো কাজ ই করতে পারবো |

Job consultant

(একটু বুঝিয়ে)

কলকাতার একজন নামি ব্যবসায়ী রুদ্র নারায়ণ চৌধুরীর একজন প্যারালাইসিস রুগীর জন্য তার বাড়িতে একজন গভর্নেস লাগবে | একটু বলে দি, এরা সবাই আমেরিকাতে থাকতো, ওখান থেকেই এখানকার ব্যবসা সামলাতো | এরা প্রচন্ড নাকউঁচু, অহংকারী...এদের কাছে পৌঁছনো মানে সাধারণ মানুষের একটা বিশাল ব্যাপার | দ্যাখো...পারবে কি ? তাহলে রেকমেন্ড করবো |

রঞ্জনা

A beggar has no choice, sir... পারতেই হবে ... আপনি প্লিজ ব্যবস্থা করে দিন |

Job Consultan

(ঘাড় নেড়ে)

ঠিক আছে... আমি মিসেস চৌধুরীকে বলে দিচ্ছি... কাল ঠিক এগারোটার মধ্যে ওখানে পৌছিয়ে যেও | আমি তোমাকে address হোয়াটস্যাপ করে

দিচ্ছি।

রঞ্জনা

(হেসে)

থ্যাংক ইউ স্যার, আমি কাল সকালে এগারোটার মধ্যেই পৌঁছে যাবো।

Scene 5.

Int. রঞ্জনার বাড়ি সকাল

Contd..

[বাড়িতে সামনে দাঁড়িয়ে আছে রঞ্জনার মা, সাথে বাবা। একটা চেয়ারের ওপর বসে আছে সঞ্জনা। সবার মুখে একটা আনন্দের ছাপ। সবাই ব্যস্ত রঞ্জনাকে ইন্টারভিউর জন্য তৈরি করতে। আর রঞ্জনা তাড়াহুড়ো করছে বেরোবার জন্য, যাতে সে সময়মতো পৌঁছতে পারে।]

রঞ্জনা

Contd..

(নিজের স্কার্ট ঠিক করতে করতে)

এটা কি পড়ার খুব দরকার ছিল ? আমি আসলে এতো tight স্কার্ট পড়ি না তো... কেমন একটা লাগছে।

সঞ্জনা

(একটু বুঝিয়ে)

তুই তো কাল রাতে বলি, ওরা বহুবছর আমেরিকাতে ছিল, ভীষণ নাকউঁচু | তাই তো বললাম, এই ড্রেসটা পড়ে যা...আমি হলিউড মুভিগুলোতে দেখেছি...ওদের সব গভর্নেসরা এইরকমই পোশাক পড়ে | First impression is the last impression... বুঝলি ?

[অবিনাশ এগিয়ে আসে রঞ্জনার দিকে , তারপর মেয়েকে বুকে টেনে নেয় |]

অবিনাশ

আমার মেয়ে যেখানেই যাবে, সেখানেই সবাইকে impressed করে দেবে, এটা আমি জানি | যারা ওকে ঠিকভাবে বোঝেনি, তারা মানুষের পর্যায় পড়ে না | আমি রাগের মাথাতে অনেক কথা বলে ফেলি...আসলে বাবা হিসেবে তো...

রঞ্জনা

(অবিনাশকে থামিয়ে দিয়ে)

এইসব কথা ছাড়ো না বাবা, আমি সব বুঝি...তুমি কোনো চিন্তা করো না.. সব ঠিক হয়ে যাবে |

সাহানা

(হেসে)

দেখিস.. তোর দেরি না হয়ে যায় আবার...

রঞ্জনা

(ঘড়ির দিকে তাকিয়ে ব্যস্ত হয়ে পড়ে)

দেরি হয়ে যাবে এবার সত্যিই... আমি চললাম....bye bye.

Contd..

[রঞ্জনা তাড়াহুড়ো করে বেরিয়ে গেলো | সাহানা দরজার কাছে এসে দাঁড়ালো , তারপর দুই হাত জোর করে কপালে ঠেকালো চোখ বন্ধ করে |]

সাহানা

দুগ্গা দুগ্গা...সব ঠিক রাখো মা |

Scene 6.

Ext. রাস্তা/ রুদ্রনারায়ানের বাড়ির বাগান দিন

[রাস্তার ওপর একটা প্রকান্ড গেটের সামনে একটা অটোরিকশা দাঁড়ালো | ভেতর থেকে রঞ্জনা নেমে এলো| ভাড়া মিটিয়ে গেটের দরজা খুলে ধীরে ধীরে এগিয়ে আসতে থাকলো একটা প্রকান্ড বাড়ির দরজার দিকে| দুইদিকে বাগান আর বাগানের মধ্যে সুন্দর সব মূর্তি | বাগানের ভেতর দিয়ে হাঁটতে হাঁটতে রঞ্জনা এসে পৌঁছলো দরজার কাছে | দরজাতে দুইবার বেল বাজাতে একজন মধ্যবয়সী মহিলা বেরিয়ে এসে দরজা খুললো | মহিলার নাম সুজি ব্রাউন | মহিলা এই বাড়িতে কাজ করে |]

সুজি

(হেসে)

গুড মর্নিং, কাকে চাই ?

রঞ্জনা

(হেসে)

গুড মর্নিং, আমার নাম রঞ্জনা, আমি গভর্নেসের জন্য... মানে আমাকে গভর্নেসের কাজের জন্য পাঠিয়েছে |

সুজি

(হেসে)

Contd..

ওহঃ...রাইট রাইট... ভেতরে এসো..

[সুজি একটা বড়ো বারান্দা দিয়ে হেঁটে চললো, পেছনে রঞ্জনা তাকে অনুসরণ করে চলতে থাকলো | রঞ্জনা ঘাড় ঘুরিয়ে পুরো বাড়িটা দেখতে থাকলো | বাড়িটা খুবই বনেদি এবং পুরোনো অভিজাত ধরণের সরঞ্জাম দিয়ে সাজানো | সুজি হেঁটে একটা বড়ো বৈঠকখানাতে এসে দাঁড়ালো | ঘরটাতে পুরোটাই খুব পুরোনোদিনের কাঠের আসবাবপত্র, একটা দেওয়াল ঘড়ি, এবং ঘরের মধ্যে খুবই দামি সব পেইন্টিং | সুজি হাত দেখিয়ে সামনের একটা সোফাতে রঞ্জনাকে বসতে বললো |]

সুজি

তুমি বসো, আমি ম্যাডামকে খবর দিচ্ছি |

রঞ্জনা

(হেসে একটা সোফাতে বসে পড়লো)

ওকে, থ্যাংক ইউ, ম্যাডাম

[সুজি হেসে ঘর থেকে বেরিয়ে গেলো | রঞ্জনা পুরো ঘরটা তাকিয়ে তাকিয়ে দেখতে থাকলো | রঞ্জনার আচমকা চোখ পড়লো একটা বাঘের মূর্তির ওপর | বাঘটা কেমন হা করে বড়ো বড়ো চোখ করে থাকিয়ে আছে | আচমকা ঘরে নন্দিনী প্রবেশ করলো | নন্দিনী হলো রুদ্র নারায়ণের স্ত্রী, বয়স ৫৫, পুরো চেহারার মধ্যে একটা আভিজাত্য, এবং যথেষ্ট গম্ভীর |]

নন্দিনী

গুড মর্নিং রঞ্জনা, আমি মিসেস রুদ্র নারায়ণ চৌধুরী |

রঞ্জনা

(চমকে উঠে দাঁড়িয়ে একটু অল্প হেসে)

গুড মর্নিং ম্যাডাম, আমি রঞ্জনা |

নন্দিনী

(সোজা হেঁটে সামনের সোফাতে বসে)

Contd..

হ্যাঁ, জানি তো, আর ওই নামেই তো তোমাকে ডাকলাম | বসো, আর তোমার ডিটেলসগুলো দাও |

[রঞ্জনা বুঝতে পারলো যে সে শুরুটাই বোকার মতো উত্তর দিয়ে শুরু করেছে | তাই আর কোনো কথা না বাড়িয়ে নন্দিনীর সামনে গিয়ে হাতের ফাইলটা দিয়ে দে, তারপর নিজের জায়গায় গিয়ে বসতে যেতেই একটা আওয়াজ করে স্কার্টটা একটুখানি ছিঁড়ে যায় | রঞ্জনা খুব অপ্রস্তুতের সাথে সেই ছেঁড়াটা হাত দিয়ে ঢাকতে ঢাকতে সোফাতে বসে পড়ে | রঞ্জনার মুখে একটা অসম্ভব nervousness কাজ করছে | নন্দিনী একবার রাজনের ছেড়ে স্কার্টের দিকে তাকায়, তারপর ফাইল উল্টে দেখতে থাকে |]

নন্দিনী

(গম্ভীর হয়ে)

এতগুলো চাকরি বদলেছে কেন ?

রঞ্জনা

(একটু হেসে কিন্তু ঘাবড়িয়ে)

ম্যাডাম, আমি বদলায়নি চাকরি...চাকরিগুলো চলে গেছিলো |

নন্দিনী

(ভুরু কুঁচকে)

Why? Are you inefficient ?

রঞ্জনা

(ব্যাকুল হয়ে)

না না..ম্যাডাম...একদমই না..কিন্তু কেন চাকরি যেত সেটা আমি ঠিক নিজেই বুঝতে পারি না, তো আমি আপনাকে কি করে বোঝাবো ?

নন্দিনী

(গম্ভীর হয়ে)

Contd..

কিন্তু কিছু কারণ তো থাকবে ?

রঞ্জনা

(মাথা নিচু করে চুপ করে বসে থাকে)

নন্দিনী

ঠিক আছে, ছাড়ো.... কিন্তু তুমি জানো যে কি কাজের জন্য তুমি এখানে এসেছো ?

রঞ্জনা

(ঘাবড়িয়ে ঘাড় নেড়ে)

হ্যাঁ ম্যাডাম...একজন প্যারালাইসিস পেশেন্ট এর দেখাশোনা করতে...মানে একজন গভর্নেসের জন্য |

নন্দিনী

(গম্ভীর হয়ে ঘাড় নেড়ে)

হমমম... কিন্তু এই কাজের জন্য তোমার তো কোনো অভিজ্ঞতাও নেই...আর তোমার বয়সও অনেক কম..তুমি পারবে ?

রঞ্জনা

(খুব আগ্রহের সাথে)

sure ম্যাডাম, আমি পারবো...আমি কথা দিচ্ছি আমি আপনার husband এর সম্পূর্ণ খেয়াল রাখবো |

নন্দিনী

(সোজা গম্ভীর হয়ে তাকালো)

পেশেন্ট আমার স্বামী না... আমাদের একমাত্র ছেলে আদিত্য... রুক্ষ, রাগী...এবং জীবন থেকে বীতশ্রদ্ধ ...তুমি পারবে ওকে handle করতে ?

রঞ্জনা

Contd..

(চুপচাপ কিছুক্ষন তাকিয়ে রইলো, তারপর বললো)

নিশ্চয়ই পারবো ম্যাডাম... আমাকে পারতেই হবে...(তারপর অনুরোধের সুরে) প্লিজ ম্যাডাম...একটা সুযোগ দিন...

[ঘরের মধ্যে রুদ্রনারায়ণ প্রবেশ করলো, বয়স ৬৫ | ছিপছিপে গড়ন, সাদা চুল, স্যুট পড়া, ঘরের মধ্যে খুব ব্যস্ত হয়ে ঢুকলো |]

রুদ্র নারায়ণ

(নন্দিনীর উদ্দ্যেশ্যে)

নন্দিনী আমি একটু বেরোচ্ছি, কিছু কাজ আছে...

রুদ্রনারায়ণ

(একটু থমকে দাঁড়িয়ে রঞ্জনাকে দেখে)

ওঃ ...তুমি ইন্টারভিউ নিচ্ছ?

[রুদ্রনারায়ণ তাকালো রঞ্জনার দিকে, রুদ্র নারায়ণের চোখে একটা স্নেহের দৃষ্টি রঞ্জনার প্রতি | রঞ্জনার দিকে এগিয়ে এসে রঞ্জনার মাথাতে হাত রাখে |]

রুদ্র নারায়ণ

(হেসে)

তোমার নাম কি ?

রঞ্জনা

রঞ্জনা|

রুদ্র নারায়ণ

nice name |

নন্দিনী

(একটু গম্ভীর হয়ে)

Contd..

But Rudra, for this governess position, she doesn't have any experience.. how can she handle him ?

রুদ্র নারায়ণ

(হেসে)

পারবে...ঠিক পারবে | Give her a chance..

[রুদ্রনারায়ণ হেসে ঘর থেকে বেরিয়ে গেলো | নন্দিনী একটা দীর্ঘশ্বাস ফেলে উঠে দাঁড়ালো|]

নন্দিনী

ঠিক আছে, তোমাকে চান্স দিলাম...six days a week , আর sunday you can take your leave|

রঞ্জনা

(একগাল হেসে উঠে দাঁড়ালো)

ok ম্যাডাম...

নন্দিনী

And Fifteen thousand per month... is it ok for you ?

রঞ্জনা

(খুব উৎসাহিত হয়ে)

sure ম্যাডাম...

নন্দিনী

(একটু অল্প হেসে)

পারফেক্ট... তাহলে এসো আমার সাথে, আগে তোমাকে সব দেখিয়ে দি |

[নন্দিনী রঞ্জনাকে নিয়ে ভেতরে চলে গেলো | রঞ্জনা চারিদিক দেখতে দেখতে নন্দিনীকে অনুসরণ করছে| নন্দিনী এগিয়ে এসে একটা রান্নাঘরে এসে দাঁড়ালো|]

নন্দিনী

এটা কিচেন..তবে শুধু ব্যবহার হয় আমার ছেলের জন্য | এইখানে ওর যাবতীয় পছন্দের খাবার, জুস এবং তারসাথে জল পর্যন্ত রয়েছে | আমার ছেলের যাবতীয় কিছু শুধু এখন থেকে ব্যবহার করবে কারণ we maintain this place hygienically and this is also your duty to maintain it. Hope you understand.

রঞ্জনা

(একটু ঘাবড়ে ঘাড় নাড়ে)

yes ম্যাডাম

[নন্দিনী রান্নাঘর থেকে বেরিয়ে সোজা একটা করিডোর দিয়ে হেঁটে একটা বড়ো ফাঁকা জায়গাতে দাঁড়ায়...সেখানে একটা লম্বা টেবিল রাখা আছে | আর টেবিলের নিচে রয়েছে সারিবদ্ধভাবে কিছু ড্রয়ের | প্রতিটা ড্রয়ের গায়ে বিশেষ কিছু লেখা আছে | নন্দিনী সেই টেবিলের সামনে দাঁড়িয়ে ঘুরে তাকে রঞ্জনার দিকে |]

নন্দিনী

এই টেবিলের সাথে যেসব ড্রয়ের দেখছো, এখানে সব আমার ছেলের ওষুধ রয়েছে, কখন কিভাবে খাওয়াতে হবে, তার একটা গাইডবুক আছে, তুমি পেয়ে যাবে সেটা |

রঞ্জনা

ok ম্যাডাম |

[নন্দিনী এইবার টেবিল থেকে সরে এসে একটা বড়ো বন্ধ দরজার সামনে দাঁড়ালো, তারপর বন্ধ দরজার ওপর হাত দিয়ে রঞ্জনার দিকে ঘুরে তাকালো |]

নন্দিনী

এইবার তোমার সাথে দেখা হবে আদিত্যর, আমার একমাত্র ছেলে, আর যার জন্যে তোমার এখানে আসা|

(নন্দিনী একবার রঞ্জনার স্কার্টের দিকে তাকিয়ে)

চেষ্টা করো সবসময় নিজের দুর্বলতাকে ঢেকে রাখতে....

রঞ্জনা

(একটু ঝুঁকে নিজের ছেঁড়া স্কার্টকে হাত দিয়ে আড়াল করার চেষ্টা করে)

sure ম্যাডাম।

[নন্দিনী দরজাতে দুবার ঠোকা দিয়ে, দুই হাত দিয়ে দরজাটা ঠেলে খুলে দেয়। ভেতর দিয়ে বেরিয়ে আসে তীব্র জোরে একটা ইংলিশ গানের আওয়াজ। রঞ্জনা ধীরে ধীরে দরজার সামনে এসে দাঁড়ায়, নন্দিনীর ঠিক পেছনে। গানটা বন্ধ হয়ে যায়, ভেতর থেকে ঠিক দরজার সামনে wheel চেয়ারে বসে হাজির হয় আদিত্য। আদিত্যর এলোপাথাড়ি হয়ে থাকা লম্বা চুল, লম্বা দাড়ি, চোখে মুখে একটা রাগ আর বিষন্নতার ছাপ।]

নন্দিনী

(একটু হেসে)

আদি, তোমাকে দেখাশোনা করার জন্য কাল থেকে join করছে, ওর নাম রঞ্জনা। এবার থেকে তোমার যা যা অসুবিধা হবে, সব ওকে বলবে।

আদিত্য

(রঞ্জনাকে আপাদমস্তক দেখে নন্দিনীর দিকে তাকিয়ে)

মনে হচ্ছে তোমরা আমার হাল ছেড়ে দিচ্ছ ধীরে ধীরে...

(তারপর হেসে ঘাড় নেড়ে)

হয়, এটাই হয়... এটাই বাস্তব

নন্দিনী

(ভুরু কুঁচকে)

আদিত্য, এরকম কেন বলছো... তোমার সবসময়ে দেখাশোনা করার জন্য একজন গভর্নেসের দরকার ছিল...ডাক্তারই advise করেছিল এটা |

[ঘরের ভেতর থেকে একজন লম্বা মতো ছেলে, আদিত্যেরই সমবয়সী বেরিয়ে আসে | ছেলেটির নাম বিক্রম | বিক্রম এসে আদিত্যর কাঁধে হাত রাখে |]

বিক্রম

Please Aditya,আমার সাথেও ডক্টরের কথা হয়েছিল... We need someone who will takes care your everything.

আদিত্য

(খুব অবহেলার সাথে রঞ্জনার দিকে তাকিয়ে)

I don't need any puppet to play with.

[আদিত্য কথাটা বলে আবার ভেতরে চলে যায়...রঞ্জনা একটু অপ্রস্তুত হয়ে দাঁড়িয়ে থাকে| বন্ধ হয়ে যাওয়া ইংলিশ গানটা আবার তীব্র ভাবে শুরু হয়ে যায় |নন্দিনী একটু নিরুপায় দৃষ্টিতে তাকিয়ে দেখতে থাকে ভেতরের দিকে | বিক্রম ঘরের ভেতর থেকে বেরিয়ে এসে বাইরে থেকে দরজাটা বন্ধ করে দেয় | তারপর হাত বাড়িয়ে দেয় রঞ্জনার দিকে |]

বিক্রম

(হেসে)

আমি বিক্রম, আমি আদিত্যর ফিজিওথেরাপিস্ট | এতদিন ওর মেডিসিন থেকে শুরু করে সবকিছু আমিই দেখতাম | জেনে ভালো লাগলো, এবার আমার সাথে কেউ এসেছে, যে এবার থেকে আদিত্যকে দেখবে |

রঞ্জনা

(হাত মিলিয়ে হেসে)

থ্যাংক ইউ, কিন্তু উনি বোধহয় আমাকে দেখে খুব একটা খুশি হননি।

বিক্রম

(হেসে)

ওর কথাতে কিছু মনে করবেন না... আসলে ও বাইরে থেকে এরকম হলেও, ভেতর থেকে খুবই নরম। আপনি থাকতে থাকতে সব বুঝতে পেরে যাবেন।

নন্দিনী

(এগিয়ে আসে দুজনের মাঝখানে)

রঞ্জনা কাল থেকে আসছে, আদিত্যর সমস্ত মেডিসিনের ব্যাপারগুলো তুমি একটু বুঝিয়ে দিয়ো বিক্রম।

বিক্রম

(হেসে)

Don't worry madam, আপনি কিছু চিন্তা করবেন না, আমি তো আছি।

নন্দিনী

(একটু হতাশভাবে দীর্ঘশ্বাস ফেলে)

সেটা আমি জানি বিক্রম, কিন্তু আমি আদিত্যকেও জানি..

[ক্যামেরা ধীরে ধীরে বন্ধ দরজার দিকে চলে যায় | আদিত্যর ঘরের ভেতর ক্যামেরা ঘুরতে থাকে | ঘরের ভেতর তীব্র জোরে গান বাজছে | ক্যামেরা ধীরে ধীরে wheel চেয়ারের দিকে এগোতে থাকে | আদিত্য মাথা নিচু করে গানের সঙ্গে মাথা নাড়ছে | মুখের ওপর পুরো লম্বা চুল দিয়ে ঢাকা |]

Scene 8.

Int. Ranjana's House

[অবিনাশ টেবিলের ওপর বসে কিছু কাজ করছে | সাহানা রান্নারঘরে রান্না করছে | বাড়ির কলিং বেল বেজে ওঠে | সাহানা রান্নাঘরের ভেতর থেকে চিৎকার করে |]

সাহানা

(চিৎকার করে)

সনজু...দরজাটা খোল...দ্যাখ তো কে এসেছে |

[সঞ্জনা ভেতরের ঘর থেকে বেরিয়ে এসে দরজা খোলে | দরজা খুলতেই খুব গম্ভীর হয়ে রঞ্জনা প্রবেশ করে |]

সঞ্জনা

(ঘাড় ঘুরিয়ে চিৎকার করে)

রনজু এসে গেছে |

[অবিনাশ নিজের কাজ থেকে মুখ ঘুরিয়ে রঞ্জনার দিকে তাকায়| সাহানা রান্নাঘর থেকে বেরিয়ে আসে | সবার মুখে একটা প্রশ্নবোধক ছাপ | সবাই তাকিয়ে থাকে রঞ্জনার দিকে | রঞ্জনা সবার দিকে একবার তাকালো |

তারপর আনন্দে চিৎকার করে সঞ্জনাকে জড়িয়ে ধরলো |]

রঞ্জনা

(চিৎকার করে)

I got it, আমি কাজটা পেয়ে গেছি |

[সবার মধ্যে একটা প্রবল আনন্দ | সাহানা হাত জোর করে ওপরের দিকে তাকিয়ে প্রণাম করলো | অবিনাশ এগিয়ে এসে রঞ্জনাকে বুকে জড়িয়ে ধরলো|]

অবিনাশ

(আবেগে গলা ধরে আসে)

আমি জানতাম, তুই পারবি | তুই শুধু যে আমার মেয়ে না, আমার আশা - ভরসা , সবকিছু | তোকে না চাইতেই অনেক কিছু বলে ফেলি, কিছু মনে করিস না মা |

রঞ্জনা

(বাবার চোখের জল মুছিয়ে)

যার ওপর কোনো আশা ভরসা থাকে না, তার ওপর কোনো রাগও থাকে না বাবা, আমি বুঝি সব |

[সাহানা এগিয়ে আসে চোখের জল মুছতে মুছতে | রঞ্জনার পিঠে হাত রাখে | রঞ্জনা ঘুরে সাহানার দিকে তাকায় |]

সাহানা

অনেক হয়েছে এইসব কথা , সকাল থেকে খেয়েছিস কিছু ? মুখ দেখেই বোঝা যাচ্ছে কিছু খাওয়া দাওয়া হয়নি , চল, খেতে দিচ্ছি | আগে যা , গিয়ে হাত পা মুখ ধুয়ে নে |

রঞ্জনা

হ্যাঁ যাচ্ছি, তবে আমাকে কাল থেকেই কাজ শুরু করতে বলেছে |

অবিনাশ

(হেসে)

বাহ্ ...সেতো ভালো কথা...যাকে বলে শুভস্য শীঘ্রম |

(তারপর মেয়েকে থামিয়ে)

ব্যাস , আর কোনো কথা না... এবার সোজা ভেতরে যা, ফ্রেশ হয়ে খাবার টেবিলে আয়, তুই এলেই সব বসবো একসাথে খেতে |

সঞ্জনা

(হেসে)

আমার treat টা কবে দিচ্ছিস ?

রঞ্জনা

(হেসে)

প্রথম মাসের মাইনেটা তো পেতে দে আগে |

সঞ্জনা

মনে থাকে জানো |

রঞ্জনা

per month fifteen thousand বলেছে , আমি আর কোনো burgain করতে পারলাম না, জানো |

অবিনাশ

(হেসে)

ভালো করেছি, burgain করিসনি | আর তাছাড়া আজকের বাজারে পনেরো হাজার খারাপ কি ?

সাহানা

হ্যাঁ , সব ঠিক থাকবে , সেসব কিছু নিয়ে ভাবতে হবে না | এখন যা মা, হাত মুখ ধুয়ে খেয়ে নে |

[রঞ্জনা হাতের ব্যাগটা নিয়ে ভেতরে চলে গেলো | সঞ্জনাও পেছন পেছন রঞ্জনাকে অনুসরণ করে ভেতরে চলে গেলো |]

Cut to.

Scene 9.

Int. রঞ্জনার শোবার ঘর রাত

[ক্যামেরা ওপর থেকে ধরা আছে বিছানার ওপর | রঞ্জনা আর সঞ্জনা পাশাপাশি শুয়ে আছে | সঞ্জনা খুব উৎসাহের সাথে আধশোয়া হয়ে রঞ্জনার দিকে ঘুরে যায় |]

সঞ্জনা

কেমন দেখলি বল, বাড়ি ঘর সবকিছু |

রঞ্জনা

প্রচুর বড়োলোক, মানে বনেদি বড়োলোক যাকে বলে | বাড়িতে চাকর-বাকর, বাগান, মালি ..ওই যা যা একটা বড়লোক বাড়িতে থাকে আর কি |

সঞ্জনা

(আগ্রহী ভাবে)

আর যে তোর ইন্টারভিউ নিলো ?

রঞ্জনা

(চোখ বড়ো বড়ো করে)

ওরে বাবা, কি বিশাল রাসভারী, কি গম্ভীর, আমার তো মুখ দিয়ে কোথায় বেরোচ্ছিল না , তার মধ্যে...

(বলে চুপ করে গেলো)

সঞ্জনা

(ভুরু কুঁচকে)

আর তারমধ্যে ?

রঞ্জনা

(সঞ্জনার দিকে তাকিয়ে)

তারমধ্যে ইন্টারভিউ শুরু করবো, আর স্কার্টটা দুম করে সাইড দিয়ে ছিঁড়ে গেলো, কি অপ্রস্তুতকর সিচুয়েশন বল তো |

সঞ্জনা

এবাবা... তারপর ?

রঞ্জনা

এ বাবা বলছিস কেন এখন ? আমি বলেছিলাম যে আমি স্কার্ট পড়বো না, তুই জোর করে পড়ালি, কি, না হলিউড মুভির গভর্নেসরা নাকি পড়ে, আরেকটু হলেই হলিউড মাথায় উঠতো |

সঞ্জনা

তুই তো বললি, সব নাকি আমেরিকাতে settled ছিল, তাই তো তোর ভালোর জন্যেই বললাম | তারপর কি হলো ?

রঞ্জনা

কোনোরকমে ম্যানেজ করলাম, আর কি |

সঞ্জনা

আর যার গভর্নেস হয়ে গেছিস, তার সাথে দেখা হয়েছে ?

রঞ্জনা

(একটু সেন্টিমেন্টাল হয়ে)

হ্যাঁ, হয়েছে | বয়স বেশি না , জানিস , এই আঠাশ কি তিরিশ হবে | মনে হলো দেখতে খুব একটা খারাপ যে তা ও না |

সঞ্জনা

(ভুরু কুঁচকে)

মনে হলো কেন ? দেখেছিস তো বললি ..

রঞ্জনা

সে আর দেখা , লম্বা লম্বা চুল, একগাল লম্বা দাড়ি , রুক্ষ মেজাজ, বদমেজাজি | ঘরের মধ্যে বিশাল জোরে গান বাজছে , wheel চেয়ারে বসে থাকে সারাদিন | একটা প্যারালাইসিস বদ্ধ উন্মাদ যাকে বলে, একদম তাই |

সঞ্জনা

(অবাক হয়ে)

কি বলছিস, এই বয়সে এই অবস্থা ?

রঞ্জনা

(ঘাড় নেড়ে)

ভদ্রলোক-ভদ্রমহিলাদের সবকিছু আছে, কিন্তু ভগবান সব দেওয়ার পর, তার পরিবর্তে শুধু যে জিনিসটা নিয়ে নিয়েছে , যেটা তার সমস্ত অর্থের মূল্য শূন্য করে দিয়েছে |

সঞ্জনা

(একটু চিন্তিত হয়ে)

কিন্তু তুই কি এই উন্মাদকে সামলাতে পারবি ?

রঞ্জনা

(হেসে)

কি জানি, আজ পর্যন্ত তো কোনো সুস্থ মানুষকে সামলাতে পারলাম না, দেখি অসুস্থ মানুষকে সামলাতে পারি কিনা |

[ক্যামেরা ধীরে ধীরে রঞ্জনার দিকে ফোকাস হতে থাকে |]

Scene 10.

Int. রুদ্রনারায়ণের ড্রয়িং রুম সকাল

[রুদ্রনারায়ণ নিজের বৈঠকখানাতে সোফার ওপর বসে আছে খবরের কাগজ নিয়ে, হাতে চায়ের কাপ | পাশের সোফাতে বসে আছে নন্দিনী হাতে একটা বই নিয়ে | ঘরেতে সুজি এসে প্রবেশ করলো সঙ্গে রঞ্জনা|]

সুজি

ম্যাডাম, বাবার গভর্নেস এসে গেছে |

রঞ্জনা

(হেসে দুজনের দিকে তাকিয়ে)

গুড মর্নিং স্যার . গুড মর্নিং ম্যাম

রুদ্রনারায়ণ

(একগাল হেসে)

গুড মর্নিং তো রোজই হয়,But today is a fresh morning.

রঞ্জনা

(হেসে)

That also I strongly believe sir,প্রত্যেকদিন যখন একটা করে নতুন দিন শুরু হয় , সেটা completely ফ্রেশই থাকে |

রুদ্রনারায়ণ

(একগাল হেসে)

Absolutely right, darling. একটা নতুন fresh day , একটা সাদা খাতার মতো, সারাদিন তুমি তাতে কি লিখবে, that completely depend on you | I hope তুমি নিশ্চয়ই সুন্দর করে নতুন কিছু লিখতে পারবে |

রঞ্জনা

(হেসে)

I will try my level best.

নন্দিনী

Contd..

(একটু গম্ভীর হয়ে)

সুজি, ওকে বাবার ঘরে নিয়ে যাও|

(তারপর রঞ্জনার দিকে তাকিয়ে)

তাহলে তুমি তোমার কাজ শুরু করে দাও রঞ্জনা, best of luck |

রঞ্জনা

(হেসে)

Sure ma'am...

Cut to.

[সুজি রঞ্জনাকে নিয়ে বেরিয়ে যায় | তারপর লম্বা করিডোর দিয়ে হাঁটতে হাঁটতে আদিত্যর ঘরের বন্ধ দরজার একটু দূরে দাঁড়িয়ে পড়ে|]

সুজি

(হেসে)

you are just like my daughter , তাই তোমাকে বলছি | আমি আদিবাবাকে কোলে কোলে বড়ো করেছি | he was very sweet and beautiful by heart .. কিন্তু হটাৎ যে কিসব হয়ে গেলো |

(একটু উদাস হয়ে)

কিন্তু এখন আদিবাবা একদম বদলে গেছে , He is too much difficult to handle.patience হারিয়ো না, যদি কোনো দরকার লাগে, আমাকে বোলো, আমি আছি |

রঞ্জনা

(হেসে)

আমি খুব সহজে হার মানি না, মিস সুজি |

সুজি

Contd..

(হাত বাড়িয়ে বন্ধ দরজা দেখায়)

Then go ahead..and best of luck.

[রঞ্জনা ধীরে ধীরে বন্ধ দরজার সামনে দাঁড়ায় | একটু ইতস্তত হয়ে কিছুক্ষন দাঁড়িয়ে দরজা খুলে ভেতরে ঢোকে | ঘরের ভেতর ঢুকে রঞ্জনা চারিদিকে দেখতে থাকে | কিন্তু কাউকে দেখতে পায় না | একটা বিস্ময় আর অজানা ভয় নিয়ে চারিদিকে তাকাতে থাকে | আচমকা আদিত্যর আওয়াজ আসে পেছন থেকে |]

আদিত্য

Are you looking for me ?

রঞ্জনা

(চমকে রঞ্জনা পেছনে তাকে, দেখে একটু দূরে আদিত্য wheel চেয়ারে বসে আছে)

Hello Sir, Good morning..

আদিত্য

(ভুরু কুঁচকে)

Good morning? Can you please explain, why ?

রঞ্জনা

(ঘাবড়িয়ে)

আসলে স্যার, আজ আমার ফার্স্ট ডে, তো....

আদিত্য

(ভুরু তুলে)

তো ? তোমার প্রথম দিন, তাই আজকের সকাল গুড ?

রঞ্জনা

(ঘাবড়িয়ে তোতলাতে থাকে)

Contd..

না স্যার, ঠিক তা না....আসলে...

আদিত্য

(চেয়ার নিয়ে এগিয়ে এসে একটা ঘড়ির সামনে দাঁড়ায়)

আসলে কিছুই না, just look at this clock , এ প্রত্যেকদিন নিজের ডিউটি করে, আর তুমিও ডিউটি বানিয়ে নিয়েছো প্রত্যেকটা সকালকে গুড বলার, a idiotic practice ...তুমি নিজেই জানো না তোমার দিনটা শুভ হবে না অশুভ কাটবে |

রঞ্জনা

(একটু তোতলিয়ে)

স্যার, আমাকে আপনার all time দেখাশোনা করার জন্য appoint করা হয়েছে, তাই পানার সমস্ত প্রয়োজন জানতে...

আদিত্য

(রঞ্জনার মুখের কথা কেড়ে নিয়ে)

I know ,I know ..... আমার সমস্ত প্রয়োজন... যখন দরকার হবে , তখন আমি তোমাকে ডেকে নেবো.. now .. leave |

[রঞ্জনা কিছুক্ষন চুপ করে দাঁড়িয়ে ঘর থেকে বেরিয়ে যায় | বেরোবার আগে আদিত্যর আওয়াজ শুনে একটু দাঁড়ায় |]

আদিত্য

((পেছনে ঘাড় ঘুরিয়ে)

আর বাইরে বেরিয়ে ঘরের দরজাটা বন্ধ করে দিয়ো |

[রঞ্জনা ঘর থেকে বেরিয়ে আসে | ঘরের দরজা বন্ধ করে আস্তে আস্তে সামনের লম্বা টেবিলের সামনে বসে মাথা নিচু করে | রঞ্জনার চোখ দিয়ে জল পড়তে থাকে | রঞ্জনা মাথা নিচু করে চুপ করে বসে থাকে | আচমকা হাসতে হাসতে হাতে একটা ব্যাগ নিয়ে বিক্রম ঢোকে |]

বিক্রম

hi রঞ্জনা, গুড মর্নিং|

রঞ্জনা

(একটু গম্ভীর হয়ে)

কেন? সকালটা ভালো হবার কোনো কারণ আছে কি ?

বিক্রম

(উত্তর শুনে একটু ঘাবড়িয়ে তাকিয়ে থাকে)

is everything allright ?

রঞ্জনা

(হাসি দিয়ে মনের কষ্ট রাগ চাপার চেষ্টা করে)

yeah ...absolutely fine ...

বিক্রম

(হেসে)

আদিত্যর সাথে দেখা হয়ে গেছে নিশ্চয়ই...

রঞ্জনা

(মাথা নিচু করে)

হ্যাঁ.....

বিক্রম

(হেসে)

ঠিক ধরেছি...উল্টোপাল্টা বলেছে তো ?

রঞ্জনা

(চুপ করে থাকে)

বিক্রম

(বুঝিয়ে বলে)

Contd..

রঞ্জনা, একটা ছেলে, যার জীবন রেসের মাঠের ঘোড়ার চেয়েও ছিল fast , হাসি , গান, মজা, প্রেম সবকিছু নিয়ে ছিল যার জীবন, চোখে অজস্র স্বপ্ন, সব আচমকা চলে গিয়ে একটা wheel চেয়ার আর দশ বাই দশ ঘরের মধ্যে দীর্ঘ পাঁচ বছর ধরে বন্দি | জীবনের সব অনুভূতিগুলোকে চোখের সামনে তড়পে তড়পে মরতে দেখেছে... তার থেকে তুমি কি আশা করো রঞ্জনা ?

রঞ্জনা

(চুপ করে তাকিয়ে শুনতে থাকে)

বিক্রম

ওর জীবনের সব অনুভূতিগুলোকে আবার ফেরাতে হবে, ওকে বোঝাতে হবে যে ও ওই ঘরের টেবিল চেয়ারগুলোর মতো কোনো নিষ্প্রাণ বস্তু না |

(তারপর একটু হেসে)

আমি জানি রঞ্জনা, তুমি পারবে | শুরুতেই হার মেনে নিয়ে না , try to be his friend ...| একটা কথা মনে রেখো, আমি ওর শুধু ফিজিওথেরাপিস্ট না, ওর বন্ধুও | তোমাকেও তাই হতে হবে | আমি ওর জীবনের প্রতি ওর দৃষ্টি ফেরাতে পারছিনা , হয়তো তাই ওর শারীরিক কোনো উন্নতিও হচ্ছে না, কিন্তু তোমাকে সেটা করতে হবে | আমি আছি তোমার পাশে...কোনো চিন্তা করো না |

[বিক্রম টেবিলের নিচের থেকে একটা ফাইল বের করে রঞ্জনার সামনে রাখে |]

বিক্রম (contd..)

এখানে আদিত্যর সব মেডিকেল ডিটেলস আছে, আর কখন কোন ওষুধ খাওয়ানোর আছে, সেটাও লেখা আছে | তুমি একবার দেখে নিয়ো| এখন যাই... আজকের ফিজিওর সময় হয়ে গেছে |

[বিক্রম উঠে চলে যায়, তারপর আদিত্যর ঘরের দরজা খুলে ভেতরে ঢুকে দরজা বন্ধ করে দেয় | রঞ্জনা আস্তে আস্তে ফাইলের পাতাগুলো ওল্টাতে থাকে|]

Scene 11.

Ext. শহরের রাস্তা/বাগান রাত

[মুষলধারে বৃষ্টি পড়ছে | রাতের অন্ধকারে রাস্তার জ্বলে থাকা আলোর মধ্যে দিয়ে বৃষ্টির ধারা স্পষ্ট বোঝা যাচ্ছে |জায়গায় জায়গায় রাস্তাতে জল জমে আছে, আর সেই জমা জলের মধ্যে বৃষ্টির জলের ফোঁটা বোঝা যাচ্ছে |]

Cut to.

Int. আদিত্যর ঘর রাত

[ক্যামেরা আদিত্যর ঘরের খোলা জানালার দিকে ধরা | জানালার ভেতর দিয়ে দেখা যাচ্ছে বাইরে গাছগুলোর বৃষ্টিতে ভেজা | ক্যামেরা ধীরে ধীরে সরে আসে আদিত্যর বিছানার কাছে | বিছানাতে বালিশে হেলান দিয়ে আধশোয়া অবস্থাতে রয়েছে শালিনী, চাদরটা বুক পর্যন্ত টানা | পাশে শালিনীর ঘাড়ের কাছে মুখ রেখে বসে আছে আদিত্য, আদিত্য খালি গা, মাথার চুল সুন্দর করে কাটা, একটা পরিষ্কার পরিচ্ছন্নতা চেহারার মধ্যে |]

শালিনী

(আবেগে ঘাড় ঘুরিয়ে আদিত্যর দিকে তাকিয়ে)

কেন এতো ভালোবাসো আমাকে, আদিত্য ?

আদিত্য

(না তাকিয়ে শালিনীর দিকে)

জানি না, তবে এটা জানি, আমার জীবনে তোমার জায়গা, হয়তো আমার নিজের থেকেও বেশি |

শালিনী

(ঘাড় কাত করে নিজের মাথাটা আদিত্যর ঝুকে থাকা মাথার ওপর রেখে)

ভয় লাগে আদিত্য, যদি আমাদের মধ্যে কখনো কোনো ঝগড়া হয়, যদি কখনো আমাকে ভুল বুঝে দূরে চলে যাও... কি নিয়ে বাঁচবো আমি ?

আদিত্য

(শালিনীর দিকে তাকিয়ে মুখটা ধরে)

Contd..

আমাদের দুজনের মধ্যেই আমরা দুজনে বাস করি | আর যদি কোনোদিন রাগ করে দূরে চলে যাই, আমার কান ধরে আমাকে ফিরিয়ে নিয়ে আসবে...আসবে না ?

শালিনী

(হেসে)

কান ধরে না, ঘেঁটি ধরে নিয়ে আসবো | আর যদি দেখি অন্যকারো সাথে এইভাবে শুয়ে আছো...

আদিত্য

(হেসে মজা করে)

কি করবে ?

শালিনী

(দুই হাত দিয়ে আদিত্যর গলা টিপে ধরে)

এইভাবে গলা টিপে খুন করে দেবো..তারপর নিজেকেও শেষ করে দেবো |

আদিত্য

(হেসে সোজা হয়ে বসে)

থাক, না খুন করতে হবে, না নিজেকে মারতে হবে | এক মিনিট...

[আদিত্য বিছানার পাশে থাকা একটা টেবিলের ড্রয়ের থেকে একটা লম্বা বাক্স বের করলো |]

আদিত্য

Now close your eyes..

শালিনী

(চোখ বন্ধ করে)

কি করতে চাইছো ?

আদিত্য

(বাক্স থেকে সাদা গলার চেন বের করে যেটার মধ্যে একটা হার্ট shape লকেট, পেছন থেকে শালিনীকে পরিয়ে দেয়)

Happy birthday my sweetest sweetheart

[সঙ্গে সঙ্গে ঢং ঢং করে বারোটার ঘন্টা বেজে উঠলো]

শালিনী

(চোখ খুলে নিজের গলাতে চেন আর লকেট দেখে)

how sweet and how romantic

(তারপর আদিত্যকে জড়িয়ে ধরলো আবেগে আপ্লুত হয়ে)

I love you my love ... বাইরের এই বৃষ্টির ধারার মতো যেন আমাদের সারাজীবনেও এইভাবেই ভালোবাসার ধারা ঝরতে থাকে |

[শালিনী আদিত্যকে জড়িয়ে ধরে আদিত্যর কাঁধের পাশ দিয়ে জানালার দিকে তাকিয়ে থাকে | ক্যামেরা শালিনীর থেকে সরে এসে জানালার দিকে close হয়ে বৃষ্টি দেখতে থাকে | সেই বৃষ্টির ধারার থেকে ক্যামেরা সরে এসে আবার বিছানাতে ফিরে আসে |]

[বিছানার ওপর আদিত্য এক শুয়ে আছে | বর্তমানের আদিত্য, লম্বা চুল আর লম্বা দাড়ি নিয়ে ঘাড় ঘুরিয়ে জানালার দিকে তাকিয়ে একমনে বৃষ্টি দেখছে | চাদরটা বুক পর্যন্ত ঢাকা | ক্যামেরা ধীরে ধীরে close হয় আদিত্যর স্থির দৃষ্টির দিকে, লম্বা চুল আর দাড়ির ফাঁক দিয়ে দেখা যায় আদিত্যর চোখের কোন দিয়ে বেরিয়ে আসছে অশ্রুধারা |]

Scene 12.

Int. আদিত্যর ঘর সকাল

[আদিত্য ঘরের মধ্যে দরজার দিকে পিঠ করে বসে আছে | ঘরের বাইরে দেখা যায় রঞ্জনা পা টিপে টিপে একরকম উঁকি মেরে ভয়ে ভয়ে পেছনে এসে

দাঁড়ায় দরজার বাইরেতেই | আদিত্য বুঝতে পেরে ঘাড়টা শুধু একটু ঘোরায় |]

রঞ্জনা (ভয়ে ভয়ে)

Contd..

Good, good morning...sir

[আদিত্য কোনো উত্তর না দিয়ে wheel চেয়ার নিয়ে ভেতরে চলে যায় |

ক্যামেরা রঞ্জনার দিকে | রঞ্জনা কোনো উত্তর না পেয়ে বিমর্ষ হয়ে বাইরে ওষুধের টেবিলের কাছে এসে বসে পড়ে | তারপর মোটা মেডিকেল ফাইলটা ওল্টাতে থাকে |]

[কিছুক্ষনবাদে wheel চেয়ার নিয়ে আদিত্য ঘর থেকে বেরিয়ে আসে | আদিত্য ঠিক পেছনে এসে হাজির হয় রঞ্জনার |]

আদিত্য

Do you think, I am mentally sick ?

রঞ্জনা

(চমকে পেছনে ঘুরে তাকায়, তারপর একটু আমতা আমতা করে)

no স্যার.....

আদিত্য

তারমানে , আমি physically sick শুধু, mentally ঠিক আছি..তাই তো?

রঞ্জনা

(কি বলবে বুঝতে না পেরে)

না, মানে..স্যার....আমি ঠিক...

আদিত্য

(একটা বিরক্তি প্রকাশ করে)

তুমি একটা বিশ্ব আবাল, যার গভর্নেস হয়ে এসেছো তার physical mental status কি, সেটাই বোঝো না | ছাড়ো, আমার যদি কোনো ওষুধ থাকে এসে খাইয়ে যেতে পারো |

[আদিত্য চেয়ারটা ঘুরিয়ে আবার নিজের ঘরে ঢুকে যায় | রঞ্জনা কিছুক্ষন চুপ করে বসে থাকে , তারপর একটা ট্যাবলেট বের করে আর গ্লাসে জল ঢেলে টেবিল থেকে উঠে দাঁড়াতেই দেখে সামনে রুদ্রনারায়ণ দাঁড়িয়ে আছে |]

রঞ্জনা

(নিজের বিমর্ষটাকে ঢেকে একটু হাসে)

হ্যালো স্যার , কিছু বলবেন ?

রুদ্রনারায়ণ

(গম্ভীর হয়ে)

আমি বাইরে থেকে সব শুনছিলাম, আদিত্য তোমাকে কি বলছিলো |

রঞ্জনা

(সমানভাবে হেসে)

আমি কিছু মনে করিনি, আমি চেষ্টা করছি, যাতে সবকিছু ঠিক থাকে |

রুদ্রনারায়ণ

(গম্ভীর হয়ে)

আমি জানি তুমি চেষ্টা করছো, তবে ও যে ব্যবহার তোমার সাথে করছে, আমার really ভীষণ খারাপ লাগছে | I am really sorry for that |

রঞ্জনা

(খুব ব্যস্ত হয়ে)

না না ...ছি ছি..আপনি এরকমভাবে বলবেন না, প্লিজ |

রুদ্রনারায়ণ

আদিত্য পড়াশুনা করছিলো আমেরিকাতে |ওর business management শেষ করার পর আমিই ওকে এখানে পাঠাই, আমার ইন্ডিয়ার business দেখতে |আর কোলকাতাতে আমাদের এই পৈতৃক বাড়িটাও ছিল | আদিত্যর মায়ের খুব একটা ইচ্ছে ছিল না যে আদিত্য এখানে আসুক...আমিই একরকম ওকে জোর করেই এখানে পাঠাই | আদিত্যও চলে আসে | তারপর এখানে এসে ভালোই সামলাচ্ছিলো সবকিছু | তারপর ওর সাথে একটি মেয়ের প্রেম হয়, ওরা বিয়েও করতে চেয়েছিলো | আমরাও চেয়েছিলাম যে ওর বিয়ে দিয়ে ওকে এখানেই settle করে দেব | কিন্তু একদিন একটা car accident এ সব কেমন শেষ হয়ে গেলো | আমরা যেন হারিয়ে ফেললাম আমাদের আদিত্যকে, আর আদিত্য হারিয়ে ফেললো নিজের নিজের বর্তমান, ভবিষ্যৎ, স্বপ্ন...সবকিছু |

(রুদ্রনারায়ণের চোখ দিয়ে জল পড়তে থাকে, সেটা মুছতে মুছতে)

মাঝে মাঝে ভাবি , যদি তখন ওর মায়ের কথা শুনে ওকে এখানে না নিয়ে আসতাম, তাহলে হয়তো দিন দেখতে হতো না |

রঞ্জনা

(কথা শুনতে শুনতে চোখ ছল ছল করে)

আপনি এইসব ভেবে নিজেকে দোষ দিয়ে কষ্ট পাবেন না | আসলে আগামীকালটা আমাদের যিনি লিখেছেন, উনি তো আমাদের কিছুই বলে দেননি, তাই সাবধান হওয়া বা ভবিষ্যৎ বদলানো, কোনোটাই তো আমাদের হাতে নেই |

রুদ্রনারায়ণ

(ঘাড় নেড়ে রঞ্জনার মাথায় হাত রাখে)

সেটা ঠিক কথা, তবুও আমি যে একটা বাবা | তবে তোমাকে একটা কথা বলি, তুমি শুধু ওর গভর্নেস হলে চলবে না,তোমাকে কখনো ওর মা, আবার কখন ওর বন্ধুও হতে হবে | কারো ভালো করতে গেলে কখনো কখনো একটু রুক্ষ হতে হয়... তুমি তোমার মনের মতো করে তৈরি করে নাও আদিত্যকে | আমার পূর্ণ ভরসা আছে তোমার ওপর...আমার ভরসা রেখো, মা |

রঞ্জনা

(মাথা নিচু করে)

আপনি নিশ্চিন্ত থাকুন, আমি কথা দিচ্ছি, আমি হাল ছাড়বো না, আমি সব ঠিক করার সম্পূর্ণ চেষ্টা করবো |

Scene 13.

Ext. রাস্তা / ক্যাফে দিন

[ক্যামেরা একটা ভিড় ব্যস্ত রাস্তা দেখতে দেখতে একটা ক্যাফের দিকে দেখে | রাস্তার অন্য পার থেকে একটা কাঁচের ভেতর দিয়ে দেখা যাচ্ছে ক্যাফের ভেতর একটা টেবিলে মুখোমুখি রঞ্জনা আর রকি বসে আছে | ক্যামেরা ধীরে ধীরে রাস্তার অন্যপার থেকে কাঁচের দিকে close হতে থাকে |]

Cut to.

Int. ক্যাফের ভেতর

[ক্যাফের ভেতর প্রায় সব টেবিল ভর্তি | রকি আর রঞ্জনা দুজনে মুখোমুখি বসে আছে | দুজনের সামনে দুটো কফি |]

রকি

(হেসে)

তাহলে, নতুন চাকরি কেমন লাগছে ?

রঞ্জনা

(হেসে)

চ্যালেঞ্জিং....

রকি

(ভুরু কুঁচকে)

কেন ?

রঞ্জনা

(কফি কাপে চুমুক দিয়ে)

একজন অল্পবয়সী মানুষ, যার জীবন তোমার আমার থেকেও ছিল fast , প্রভাব প্রতিপত্তি, সুন্দরী girlfriend , বিশাল বড়ো ব্যবসা, ঠাটবাট...সবকিছু | আচমকা একটা car accident , আর সব শেষ |

রকি

(কাপে চুমুক দিয়ে খুব casually)

সব শেষ মানে ?

রঞ্জনা

সেই accident এর পর থেকে সম্পূর্ণ প্যারালাইসিস | সারাক্ষন wheel চেয়ার আর বিছানা | একটা মানুষ আজ জীবনের প্রতি বীতশ্রদ্ধ, রুক্ষ...যেন জীবন থেকে হার মেনে নিয়েছে |

রকি

(ঘাড় নেড়ে)

এটাতো চাপের কাজ....সারাদিন একটা পাগলাচোদাকে সামলানো...not a matter of joke|

রঞ্জনা

(একটু ভাবুক হয়ে)

ওর বাবা-মা দুজনেই জানপ্রাণ লড়িয়ে চেষ্টা করছে ছেলেকে ঠিক রাখতে | ওর বাবা, আমাকে খুব ভালোবাসে, আমার প্রতি একটা অদ্ভুত ভরসা করে বসে আছে, যে আমি নাকি পারবো, ওর ছেলেকে অন্তত মানসিকভাবে সুস্থ করে তুলতে |

রকি

(ব্যাঙ্গের হাসি হেসে)

ওসব ফালতু কথা, কাল পোষাবে না, সোজা গাঁড়ে লাথি মারবে |

রঞ্জনা

(একটু বিরক্ত হয়ে)

কি হচ্ছে রকি, একটু ভদ্রভাবে কথা বলা যায় না ?

রকি

(হেসে)

ঠিক আছে, ঠিক আছে, I am sorry | তবে তোমাকে একটা কথা বলছি, ভাবনাতে বয়ে যেয়ো না, এইসব বড়লোকদের কিস্যু ভরসা নেই |

রঞ্জনা

(গম্ভীর হয়ে)

Contd..

সে ব্যাপারে আমার অভিজ্ঞতা তো কিছু কম নেই, কিন্তু এতো খারাপ ব্যবহার পাওয়ার পরেও আমার কষ্ট হয় ওই ছেলেটাকে দেখে, ভগবান যেন ওর জীবন থেকে সব নিয়ে শুধু প্রাণটাই রেখে দিয়েছে | কতটা কষ্টের বলো তো ?

রকি

(casually)

দ্যাখো, যার যার কষ্ট তার তার কাছে, কারো কাছে এতো সময় নেই যে এইসব নিয়ে ফালতু চিন্তা করার

(তারপর একটু হেসে)

আর তাছাড়া কদিন পর তুমি আমার বৌ হয়ে আমার বাড়ি চলে আসবে , তখন তো আর এইসব ভূতের বোঝা বইতে হবে না !

[রঞ্জনা কিছুক্ষন তাকিয়ে রইলো অবাক দৃষ্টিতে রকির দিকে | রঞ্জনার মুখ দেখে বোঝা যাচ্ছে যে রকির কথাগুলো তার ভালো লাগছে না | রকি টেবিল থেকে একটা টিসু নাইন মুখ মুছে নিলো, তারপর ওঠা জন্য প্রস্তুত হলো |]

রকি

চলো...ওঠা যাক...আমার একটা কাজ আছে | তোমার আজ ছুটি তো ? বাড়ি ফিরবে ?

রঞ্জনা

(ব্যাগটা কাঁধে নিতে নিতে)

হ্যাঁ...আজ sunday তো...বাড়িতেই ফিরে যাবো | সন্ধ্যেবেলা বাড়িতেই আছি, সময় পেলে এস একবার |

[রঞ্জনা ও রকি দুজনেই উঠে দাঁড়ালো ক্যাফে থেকে বেরোবার জন্য |]

Scene 14.

Int. আদিত্যর ঘর সকাল

[আদিত্য বিছানাতে আধশোয়া হয়ে শুয়ে আছে | পাশে বিক্রম বসে হাতে একটা ম্যাসাজ দিচ্ছে |]

আদিত্য

(একদৃষ্টে তাকিয়ে আছে বিক্রমের দিকে)

বিক্রম, তুমি কতদিন ধরে আমার থেরাপিস্ট ?

বিক্রম

সাড়ে তিন বছর হয়ে গেছে, চার বছর হয়নি এখনো...কেন ?

আদিত্য

(ঠোঁট উল্টে)

তোমার ওপরে তোতলায় wastage of money.. এতদিন ধরে রোজ নিয়মমতো এসে সকাল বিকাল আমার হাত পা নিয়ে ডলাডলি করছো, but no improvement |

(তারপর ভুরু কুঁচকে)

ঠিক করে বলোতো, তুমি কি এইসবের কোথাও থেকে ট্রেনিং নিয়েছো ? না youtube দেখেই....

বিক্রম

(কোনো পাত্তা না দিয়ে)

youtube দেখে...কি করবে ? আমাকে তাড়িয়ে দেবে ?

আদিত্য

(হেসে)

নাঃ...তাড়াবো কেন... আমাকে টুপি মেরে হলেও তোমার দুপয়সা ইনকাম তো হচ্ছে |

বিক্রম

(গম্ভীর হয়ে)

Contd..

very funny ...

আদিত্য

(হেসে)

আসলে আমার বাবা মার্ পয়সা ওড়ানোর খুব সখ, তাই দ্যাখো না, আজ প্রায় পাঁচ বছর ধরে আমার জন্য চারিদিকে পয়সা ছড়িয়েই যাচ্ছে, কখনো ডাক্তার, কখনো মন্দির, কখনো তুমি, আবার এখন এসে হাজির হয়েছে আরেকজন... আমার বাবা আবার তার নাম দিয়েছে fresh air |

বিক্রম

(গম্ভীর হয়ে)

আদিত্য, রঞ্জনা খুব সাধাসিধে একটা innocent মেয়ে, তুমি একটু ওরসাথে polite হতে পারো তো|

আদিত্য

(ঠোঁট উল্টে)

right ... yes ..you are right ....আমি ওর সাথে একটু বেশিই rude হয়ে গেছি |

[এইসব আদিত্যর ঘরের দরজা খুলে খুব আস্তে আস্তে ঘরে ঢোকে রঞ্জনা |
আদিত্যর সামনে দাঁড়িয়ে একগাল হেসে |]

রঞ্জনা

Good morning, sir.

আদিত্য

Yeah..good morning Miss. Fresh air. Tell me..how was your Sunday.

রঞ্জনা

(প্রশ্ন শুনে একটু ঘাবড়িয়ে একবার বিক্রমের দিকে তাকে, তারপর সোজা তাকিয়ে)

Contd..

ঠিকঠাক...তেমন বিশেষ কিছু না |

আদিত্য

(খুব উৎসাহের সাথে)

well ..রানাজান...তুমি জাস্ট এই ঘরে আসার আগে তোমার কোথায় হচ্ছিলো...বিক্রম বলছিলো আমি যেন আমার behaviour তোমার সাথে change করি...আমি খুব rude aatitude করি তোমার সাথে... is that so ?

রঞ্জনা

(একটু হালকা হেসে)

স্যার, আমি আপনার গভর্নেস হয়ে এখানে এসেছি, আপনার ভালো মন্দ সবকিছু দেখার দায়িত্ব এখন আমার | আপনার ব্যবহারে আমি কোনো মন খারাপ করিনি..কারণ আমি আপনার problem , আপনার সমস্ত কষ্ট বুঝি, feel করতে পারি..আপনি আমাকে trust করতে পারেন , আপনি ঠিক সুস্থ হয়ে উঠবেন |

আদিত্য

(একদৃষ্টিতে রঞ্জনার দিকে তাকিয়ে থাকে)

trust ? ok ....করলাম | Now, রঞ্জনা, I want to show you something.

[আদিত্য চোখের ইশারা করে সামনের একটা কাঠের আলমারির দিকে দেখায় |]

আদিত্য

ওই কাপবোর্ডের কাছে যায়, আর কাপবোর্ডের দরজাটা খোলো |

[রঞ্জনা আলমারির কাছে গিয়ে আলমারির দরজাটা খোলে | দেখে পুরো আলমারিটা খালি |]

আদিত্য

কি আছে ভেতরে ?

রঞ্জনা

(পেছনের দিকে তাকিয়ে)

আলমারি তো পুরো খালি |

আদিত্য

(হেসে)

Yes..like my life, but inside enough space for you,এবার ভেতরে ঢুকে যায়, আর দরজাটা আলমারির বন্ধ করে দাও | যতক্ষণ না বলছি বেরোবে না |

[রঞ্জনা কিছুক্ষন দাঁড়িয়ে থেকে তারপর ভেতরে ঢুকে দরজা বন্ধ করে দিলো | আদিত্য এবার তাকালো বিক্রমের দিকে | বিক্রম একটা অবাক বিস্ময়ে তাকিয়ে দেখছে সবকিছু, কি হচ্ছে কিছু বুঝতে পারছে না |]

আদিত্য

বিক্রম, এবার গিয়ে আলমারিতে তালা দিয়ে দাও|

বিক্রম

(আশ্চর্য হয়ে)

তুমি কি করতে চাইছো, ভেতরে রঞ্জনা শ্বাস নিতে পারবে না |

আদিত্য

(গম্ভীর হয়ে)

শরীর অকেজো হলেও মস্তিষ্কটা এখনো ঠিক আছে, তোমাকে যেটা বলছি সেটা করো.. Don't waste time..go |

[বিক্রম এগিয়ে গিয়ে আলমারিতে লাগানো চাবিটা ঘুরিয়ে lock করে দিলো | বিক্রম আলমারির কাছেই দাঁড়িয়ে একটা ভয়ার্ত দৃষ্টিতে আলমারির দিকে তাকিয়ে আছে | আদিত্য বিছানাতে শুয়ে স্থির দৃষ্টিতে ঠাণ্ডাভাবে আলমারির দিকে তাকিয়ে আছে |]

আদিত্য

টিক টক, টিক টক....

[কিছুক্ষনবাদে রঞ্জনা আলমারির ভেতর থেকে দরজা ধাক্কা দিতে থাকে, অনবরত দরজা ধাক্কা দিতে থাকে |]

বিক্রম

(উত্তেজিত হয়ে)

কি করছো আদিত্য...রঞ্জনার ভেতরে দম বন্ধ হয়ে যাচ্ছে |

আদিত্য

(ঠাণ্ডাভাবে আলমারির দিকে স্থির দৃষ্টিতে তাকিয়ে)

টিক টক, টিক টক...

[রঞ্জনা ভেতর থেকে আরো জোরে জোরে দরজা ধাক্কা দিকে থাকে |]

বিক্রম

(উত্তেজিত হয়ে)

আদিত্য...এইসব পাগলামি সহ্য করা যায় না...আমি এইবার দরজা খুলে দিচ্ছি|

আদিত্য

টিক টক, টিক টক...

বিক্রম

(চিৎকার করে)

আদিত্য....প্লিজ ....what are you doing?

আদিত্য

(একটু থেমে)

খুলে দাও দরজাটা |

[বিক্রম তাড়াতাড়ি চাবি ঘুরিয়ে দরজা খুলে দিলো, ভেতর থেকে হুমড়ি খেয়ে বেরিয়ে এলো রঞ্জনা, তারপর মাটিতে উবু হয়ে বসে জোরে জোরে শ্বাস নিতে থাকলো | বিক্রম এসে একটা জলে গ্লাস এগিয়ে দিলো রঞ্জনার দিকে | রঞ্জনা গ্লাস নিয়ে ঢকঢক করে পুরো জলটা খেয়ে নিলো |]

বিক্রম

(খুব ব্যস্ত হয়ে)

তুমি ঠিক আছো ?

আদিত্য

(হেসে)

Hey fresh air, ভেতরে কেমন feel হলো ?

[রঞ্জনা চোখ তুলে আদিত্যর দিকে তাকালো |]

আদিত্য (contd..)

তোমার ভেতরে যে দম বন্ধ হয়ে আসছিলো, মনে হচ্ছিলো আর কিছুক্ষনের মধ্যেই তুমি এই পৃথিবী ছেড়ে চলে যাবে, ভেতরের এই অন্ধকার, এই

একাকিত্ব,ভয় সব একসাথে গ্রাস করেছিল, তাই না | তুমি আমার এই পাঁচ বছরের জীবনের এক মিনিট কাটাতে পারলে না, তুমি কি করে বললে যে তুমি আমাকে বোঝো , you can feel me ... বলা খুব সহজ রঞ্জনা, সহ্য করা কঠিন |

(কিছুক্ষন চুপ করে থেকে)

আমার সকালের মেডিসিন আমাকে বিক্রম দিয়ে দিয়েছে, now you can leave | যখন দরকার পড়বে, আমি ডেকে নেবো |

[রঞ্জনা ধীরে ধীরে ঘর থেকে বেরিয়ে যায় |]

Cut to.

[ক্যামেরা বাইরে থেকে দেখে রঞ্জনাকে ঘর থেকে বেরিয়ে আসতে | রঞ্জনা এসে টেবিলের সামনে বসে পড়ে | তারপর মাথায় হাত দিয়ে হাঁফাতে থাকে |]

[কিছুক্ষনবাদে হন্তদন্ত হয়ে ভেতর থেকে বিক্রম বেরিয়ে এসে রঞ্জনার কাছে দাঁড়ায় |]

বিক্রম

(ব্যস্ত হয়ে)

তুমি ঠিক আছো তো ? আদিত্যর চেয়ে কখন মাথাতে কি চাপে...কেউ বলতে পারে না | but ও আজকে যেটা তোমার সাথে করলো...it is really too much .... আমাকে এব্যাপারে মিস্টার এন্ড মিসেস রায়চৌধুরীর সাথে কথা বলতেই হবে |

[রঞ্জনা ঘুরে তাকালো সোজা বিক্রমে দিকে | রঞ্জনার নজরে যেন আর কোনো ভয়, hesitation কিছু নেই| রঞ্জনা চেয়ার ছেড়ে উঠে দাঁড়ালো ,

তারপর সোজা হেঁটে ঢুকে গেলো আদিত্যর ঘরে |]

[আদিত্যর ঘরে প্রবেশ করতেই দেখা গেলো আদিত্য wheel চেয়ারে বসে আছে | রঞ্জনা সোজা এসে আদিত্যর সামনে দাঁড়ালো | আদিত্য একটু আশ্চর্য নজরে তাকালো রঞ্জনার দিকে |]

রঞ্জনা

(চোখের ওপর চোখ রেখে)

মানুষ কতটা যন্ত্রণাতে আছে, সেটা বোঝার জন্য তাকেও যে সমান যন্ত্রনা পেতে হবে, এই জ্ঞানটা আপনাকে কে দিয়েছে মিস্টার আদিত্য ? আমি রাস্তাতে চলতে চলতে না খেতে পাওয়া শিশুদের দেখেছি, চোখের সামনে একমাত্র সন্তানের জন্য তার মা বাবার কষ্ট দেখেছি, সদ্য বিয়ে হওয়া স্ত্রীকে স্বামী হারানোর যন্ত্রনা পেতে দেখেছি | আমি তাদের যন্ত্রনা অনুভব করেছি, কিন্তু trust me , না আমি ফুটপাথে থাকি, না আমি আমার স্বামী হারিয়েছি | কাউকে বুঝতে গেলে, শুধু একটা পরিষ্কার মন লাগে, যদিও সেটা আপনার মতো পয়সাওয়ালা লোকজন বুঝবে না, যাদের হয়তো কাউকে নিজের ভালোবাসা বোঝানোর জন্যেও দামি উপহার অথবা দিনে দশবার love you বলতে হয় |

(রঞ্জনা ঘর থেকে বেরিয়ে যেতে গিয়ে আবার ঘুরে দাঁড়ায়)

Contd..

আপনার এই ব্যবহারের জন্য আপনি যদি ভাবেন আমি ছেড়ে চলে যাবো, তাহলে আপনি ভুল করছেন| আপনাদের থেকে আমি যে স্যালারিটা পাই, আমার সেটা প্রয়োজন আছে, কিন্তু আমার না ছেড়ে যাবার কারণ ঠিক সেটা না |এতদিন আমার যে চাকরিগুলো আমি ছেড়েছি সেই চাকরিগুলো আমার প্রয়োজন ছিল,কিন্তু এখানে আমাকে সবথেকে বেশি প্রয়োজন আপনাদের, বিশেষ করে আপনার | সেটা আপনি যত তাড়াতাড়ি বুঝবেন,

আপনার জন্যেই ভালো। আমি বাইরে আছি, প্রয়োজন হলে ডাকবেন।

[রঞ্জনা বেরিয়ে যায় ঘর থেকে, আদিত্য চেয়ারের মধ্যে হতভম্ব হয়ে একদৃষ্টে তাকিয়ে থাকে।]

Scene 15.

Int. রঞ্জনা-সঞ্জনার ঘর রাত

[camera high angle এ ধরা আছে। রঞ্জনা একপাশ ফিরে শুয়ে আছে। পাশে সঞ্জনা সোজা হয়ে শুয়ে আছে। রঞ্জনার মাথার কাছে একটা টেবিল light জ্বলছে। সেই আলোতে দেখা যাচ্ছে রঞ্জনার মুখ, একটু চিন্তিত, খানিকটা ভাবুক।]

সঞ্জনা

কি রে রন্জু...আজ কি কিছু হয়েছে ? এরকম চুপ করে শুয়ে আছিস। বাড়ি ফিরেও দেখলাম খুব একটা কথা বললি না।

রঞ্জনা

না...সেরকম কিছু না...

সঞ্জনা

(একটু জোর দিয়ে)

তাহলে কিরকম ? রকির সাথে কিছু হয়েছে ?

রঞ্জনা

না...ওর সাথে কথাই বা হয় কোথায় যে ঝগড়া হবে।

সঞ্জনা

তাহলে, কাজের জায়গায় কিছু হয়েছে ?

[রঞ্জনা চুপ করে থাকে, কিছু বলে না |]

সঞ্জনা (contd..)

বল না আমাকে... চুপ করে আছিস কেন ?

রঞ্জনা

আজ আদিত্যকে অনেক কথা শুনিয়ে দিয়েছি, জানিস | আচমকা মাথা ঠিক রাখতে পারলাম না, এখন খারাপ লাগছে ভীষণ |

সঞ্জনা

(অবাক হয়ে)

কেন ? কি হয়েছিল ?

রঞ্জনা

আসলে, ও যেটা করলো আমার সাথে....

সঞ্জনা

(কৌতূহলী হয়ে)

কি করেছিল তোর সাথে ?

রঞ্জনা

(নিজেকে সংযত করে)

না, কিছু করেনি...পড়ে মনো হলো, ও তো শারীরিক মানসিক কোনোভাবেই সুস্থ না...আমার উচিত আরেকটু ধৈর্য রাখা |

সঞ্জনা

আদিত্য কি তোর সাথে কোনো অসভ্যতা....?

রঞ্জনা

Contd..

(সোজা হয়ে শোয় এবার)

আদিত্য একটা arrogant , খামখেয়ালি...এইজাতীয় মানুষেরা অসভ্য হয় না | ও একটা শিশুর মতো, জেক সবকিছু করিয়ে দিতে হয়, ভেবে দ্যাখ, ওর পুরো জীবনটা অন্যের ওপর নির্ভর করে আছে , ওর নিজের কিছু করার ক্ষমতা নেই | খারাপ লাগছে এই ভেবে, আমি ওর ওপর রাগ করলাম ?

(তারপর সঞ্জনার দিকে তাকিয়ে)

আর তুই বলছিস অসভ্যতা ? যদি ও আমার সাথে অসভ্যতা করতে পারতো, তাহলে হয়তো ওর আমাকে প্রয়োজন হতো না |

Scene 16.

Ext. রায়চৌধুরীর বাড়ির বাইরে সকাল

[রঞ্জনা বাড়ির গেট দিয়ে হাঁটতে হাঁটতে ঢুকছে, সামনে একটা গাড়ি দাঁড় করানো আছে | রঞ্জনা ভুরু কুঁচকে একটু প্রশ্নবোধক দৃষ্টিতে গাড়িটাকে দেখতে দেখতে বাড়ির ভেতরে ঢুকে যায় |]

Int. রায়চৌধুরীর বৈঠকখানা সকাল

[বৈঠকখানাতে ঢুকতেই দেখা যায় নন্দিনী চুপ করে খুব চিন্তিত অবস্থায় বসে আছে | সামনে রাখা আছে অর্ধেক খাওয়া চায়ের কাপ | রঞ্জনা এসে নন্দিনীর সামনে দাঁড়ায় |]

রঞ্জনা

Hello ma'am....good morning

[নন্দিনীর থেকে কোনো উত্তর আসে না |]

রঞ্জনা (repeat)

Hello ma'am....good morning

নন্দিনী

(চমকে তাকায়)

Contd..

Good morning .... তুমি এসে গেছো ?

রঞ্জনা

হ্যাঁ...just | ম্যাডাম, আপনাকে ভীষণ upset লাগছে...সব ঠিক আছে তো ?

নন্দিনী

(দীর্ঘশ্বাস ছেড়ে)

upset ? মানুষ যেটা আশা করে না, সেটা ঘটলে তো মানুষ upset হবেই |

রঞ্জনা

(খুব আস্তে আস্তে)

যদি আপনার কোনো অসুবিধা না থাকে, আপনি আমাকে বলতে পারেন...যদি আমি কোনো help করতে পারি |

নন্দিনী

(হেসে)

তুমি আর কি help করবে...যদিও তুমি আদিত্যর গভর্নেস, তোমাকে বলাই যেতে পারে | আর আমি শুনেছি...আদিত্য তোমার সাথে কি ব্যবহার করছে, তাও যে তুমি...

রঞ্জনা

(থামিয়ে দিয়ে)

সে সব কথা থাক...আপনি বলুন...কি হয়েছে |

নন্দিনী

বাইরে একটা গাড়ি দাঁড়িয়ে আছে দেখেছো ?

রঞ্জনা

হ্যাঁ, ঢুকবার সময় দেখলাম...কেউ এসেছে ?

নন্দিনী

হ্যাঁ, শালিনী আর রাহুল | আদিত্যর কাছে এসেছে |

[নন্দিনী কিচ্ছুক্ষন চুপ করে থাকে | তারপর একবার বাইরের দিকে তাকায় |]

নন্দিনী (contd..)

শালিনীকে আদিত্য খুব ভালোবাসতো, দুজনের মধ্যে একটা গভীর সম্পর্ক ছিল, infact , আদিত্য যখন ইন্ডিয়াতে ফিরে এলো, তার কিছুদিন বাদে থেকেই ওদের মধ্যে একটা সম্পর্ক গড়ে ওঠে | আদিত্য ওকে বিয়ে করতে চায়, আমরাও আপত্তি করিনি | তুমি তো রুদ্রকে দেখেছো, ও শালিনীকে নিজের মেয়ের মতো দেখতো | রাহুলের সাথেও আদিত্যর বন্ধুত্ব এখানে এসেই হয়, বলতে পারো,রাহুল, আদিত্য আর শালিনী প্রায় সবসময়েই একসাথে ঘোরা বেড়ানো ...সবকিছুই করতো |

রঞ্জনা

তো... ওনারা কি প্রায়ই আসেন দেখা করতে ?

নন্দিনী

(হেসে)

না...হয়তো তুমি যেটা বলছো ,ওটা বন্ধুত্বের সংজ্ঞা, আর যেটা ঘটেছিলো, সেটা সির্ফ একটা পরিচিতের পরিচয় |

রঞ্জনা

(ভুরু কুঁচকে)

ঠিক বুঝলাম না |

নন্দিনী

সেদিন শালিনীর জন্মদিনের পার্টি চলছিল..আদিত্য অফিস থেকে তাড়াহুড়ো করে বেরিয়েছিল ওর পার্টিতে যাবার জন্য...কিন্তু রাস্তা আচমকা একটা বাচ্চা ওর গাড়ির সামনে চলে আসে...বাচ্চাটাকে বাঁচাতে গিয়ে গাড়ি বেসামাল হয়ে যায়....আর....

[নন্দিনীর কথা বলতে বলতে গলা ধরে আসে | নন্দিনী মাথা নিচু করে ফুঁপিয়ে ওঠে |]

রঞ্জনা

ম্যাডাম....আপনি নিজেকে একটু সামলান..প্লিজ

নন্দিনী

(মুখ তুলে চোখের জল মুছে নিজেকে সামলিয়ে)

yes , right .. I am sorry | সেই একসিডেন্টে আদিত্য ছয়মাস হসপিটালে ছিল | শালিনী প্রথম প্রথম রোজ আসতো দেখা করতে | কিন্তু যেদিন ডাক্তার জানিয়ে দিলো যে আদিত্যর জীবন ওই ঘরের চার দেওয়াল আর wheel চেয়ারের মধ্যে সীমাবদ্ধ হয়ে গেছে, তারপর থেকে আর শালিনী আসেনি কোনোদিন দেখা করতে |

রঞ্জনা

আর এই যে বন্ধু, রাহুল ?

নন্দিনী

রাহুল আসতো হসপিটালে মাঝে মাঝে, এই বাড়িতেও এসেছে কয়েকবার..... তাও এবার যে এলো.. প্রায় বছর খানেক বাদে |

[রঞ্জনা কিছুক্ষন চুপ করে বসে রইলো | নন্দিনী নিজের ভেতরের চাপা কান্নাটা চেপে রাখার চেষ্টা করছে বাইরের দিকে তাকিয়ে | নন্দিনীর মুখ দেখে মনে হোনে হচ্ছে বুকের ভেতর থেকে একটা চাপা কান্না যেন ঠেলে বেরিয়ে আসতে চাইছে |]

রঞ্জনা

Ma'am, আমার বলে যে , সম্পর্ক এমন একটা জিনিস, আমরা সেটাকে কখনো রক্ত দিয়ে বা বন্ধুত্ব দিয়ে বিচার করি, আসলে সম্পর্ক একটা অনুভূতি | যার সাথে যার অনুভূতি যেমন, তার সাথে তার সম্পর্কটাও ঠিক তেমন |

[নন্দিনী বাইরে থেকে মুখ সরিয়ে সোজা তাকে রঞ্জনার দিকে | রঞ্জনা উঠে দাঁড়ায় সোফা থেকে |]

রঞ্জনা (contd)

আদিত্য স্যারকে ওষুধ দেওয়ার সময় হয়ে গেছে, আমি আসছি ma'am

Cut to.

[রঞ্জনা ঘর থেকে বেরিয়ে আসে | রঞ্জনা করিডোর দিয়ে হেঁটে এসে ওষুধের টেবিলের কাছে আসে, তারপর একটা ওষুধ আর জলের গ্লাস নিয়ে দরজার কাছে এসে একটু দাঁড়ায় | তারপর ঠেলে দরজা খুলে ভেতরে ঢোকে |]

Cut to.

[ঘরের মধ্যে wheel চেয়ারে আদিত্য বসে আছে | একটু দূরে দাঁড়িয়ে আছে শালিনী আর একটু দূরে একটা টেবিল হেলান দিয়ে দাঁড়িয়ে আছে রাহুল | রঞ্জনা ঘরে ঢুকতেই সবাই রঞ্জনার দিকে তাকে | ঘরের মধ্যে একটা থমথমে ভাব |]

আদিত্য

(রঞ্জনাকে ঢুকতে দেখে হেসে)

আমার নতুন গভর্নেস....আমার সবসময়ের খেয়াল রাখার জন্যে | Isn't she so pretty ?

[সবাই চুপ করে তাকিয়ে থাকে, রঞ্জনা গম্ভীর হয়ে এগিয়ে এসে আদিত্যকে ওষুধ খাইয়ে দেয় |]

রাহুল

(গম্ভীর হয়ে)

আদিত্য, কখনো কখনো destiny আমাদের জীবনের সিদ্ধান্ত নেয়, তবে সেই সিদ্ধান্ত যে সবসময় ঠিক হয়, সে ব্যাপারে I ami not sure | তবে এক্ষেত্রে মনে হচ্ছে, যা হয়েছে ঠিকই হয়েছে | কার্ডটা টেবিল রইলো, সময় পেলে দেখে নিস্, তবে তুই আসতে পারলে happy হতাম |

[রাহুল ঘর থেকে বেরিয়ে যাওয়ার জন্য সোজা হেঁটে দরজার কাছে এলো | তারপর শালিনীর দিকে তাকালো |]

শালিনী

I am sorry, আদিত্য

আদিত্য

(হেসে)

Please, don't be, তুমি যেটা করেছো, একদম ঠিক করেছো | একটাই জীবন, প্রত্যেকটা মানুষের ভালো করে বাঁচার অধিকার আছে | আর তাছাড়া, এটা 2022 , প্রেম ভালোবাসা সবটাই এখন digital ..

শালিনী

তুমি আসবে ?

আদিত্য

(হেসে)

you know me , মিথ্যে commitment আমি করি না, কিন্তু চেষ্টা করবো | তোমার জীবনের এতো বড়ো দিন, তোমাকে গিয়ে wish করতে পারলে আনন্দই পেতাম |

[শালিনী কিছুক্ষন চুপ করে থাকলো | তারপর রঞ্জনার দিকে একবার তাকালো | তারপর আদিত্যর দিকে তাকালো |]

শালিনী

আমি এখন আসছি, বাইরে রাহুল অপেক্ষা করছে | ভালো থেকো, take care |

[শালিনী বেরিয়ে গেলো ঘর থেকে | আদিত্য ঘাড় ঘুরিয়ে দেখছে শালিনীর বেরিয়ে যাওয়া | ক্যামেরা ক্লোসে ধরা আছে আদিত্যর দিকে | আদিত্য চোখের জল যেন শুকিয়ে গেছে, তবুও যেন ঢোক গিলে গলা ভেজাচ্ছে চোখের জল দিয়ে |]

[আদিত্য মাথা নিচু করে লম্বা চুল নিয়ে মাথাটা ঝাঁকিয়ে চেয়ার নিয়ে ঘরের এককোনে চলে আসে | তারপর পুরো ঘর দেখতে দেখতে ঘরের কোণে রাখা একটা ফুলদানিতে চোখ স্থির করে নেয় |]

আদিত্য

(ঠান্ডা ভাবে)

Contd..

রঞ্জনা, can you do me favour ?

রঞ্জনা

(শুধু দেখে আদিত্যর দিকে)

আদিত্য

(চোখে ইশারা করে)

ওই যে ফুলদানিতে দেখছো, ঐটার কাছে যাও |

[রঞ্জনা এগিয়ে গিয়ে ফুলদানির কাছে দাঁড়ায় |]

আদিত্য (contd..)

এইবার ওই ফুলদানিটা তুলে মাটিতে ফেলে দাও |

রঞ্জনা

(অবাক হয়ে)

এতো দামি ফুলদানি, এটাতো ভেঙে যাবে |

আদিত্য

(চিৎকার করে)

আমি সেটাই চাই | তুমি আমার গভর্নেস, যে কাজটা আমি পারছি না, সেটা আমার হয়ে তুমি করবে |

রঞ্জনা

এই ফুলদানিটা ভেঙে কি হবে ?

আদিত্য

(অস্থির হয়ে)

সেসব আমি জানি না, কিন্তু আমি চাই তুমি ওটা ভাঙবে |

রঞ্জনা

Contd..

এটা ভেঙে দিলে আপনি শান্তি পাবেন ?

আদিত্য

(জোরে জোরে ঘাড় নেড়ে)

হ্যাঁ হ্যাঁ .... পাবো |

রঞ্জনা

(গম্ভীর হয়ে)

কোনো কিছু ভাঙলে যদি শান্তি পাওয়া যেত, তাহলে তো আজ আপনার সবচেয়ে শান্তির দিন | কারণ আজ আপনার প্রেম তার সমস্ত সম্পর্ক আপনার সাথে ভেঙে দিয়ে চলে গেলো |

আদিত্য

কি বলতে চাইছো ?

রঞ্জনা

শান্তিতে মনের ব্যাপার, ওটার জন্য হাত পায়ের জোরের দরকার হয় না, দরকার মনের জোরের | আর আমার ধারণা সেটা আপনার আছে |

[আদিত্য মাথা নিচু করে চুপ করে বসে থাকে | রঞ্জনা ফুলদানিটা টেবিলের ওপর রেখে বেরিয়ে যেতে যায় | আদিত্য পেছন থেকে ডাকে |]

আদিত্য

রঞ্জনা ....

[রঞ্জনা ঘুরে দাঁড়ায় আদিত্যর দিকে | আদিত্য মুখ তুলে দেখে রঞ্জনার দিকে | আদিত্যর দুই চোখে জল, যেন একটা অসহায়তা |]

আদিত্য (contd ...)

কাল আমি যা করেছি, তার জন্য sorry ...

রঞ্জনা

Contd..

It's alright, sir |

আদিত্য

তুমি আমাকে আদিত্য বলে ডাকতে পারো |

রঞ্জনা

OK sir.... আদিত্য

[আদিত্য নিজের চেয়ারটা ঘুরিয়ে সামনের খোলা জানালাটার সামনে চলে যায় | রঞ্জনা ঘরের বাইরে বেরিয়ে যেতে গিয়েও সোজা হেঁটে ফিরে আসে ফুলদানিটার কাছে | তারপর ফুলদানিটা তুলে মাটিতে ফেলে দেয় | ফুলদানি মাটিতে পড়ে ভেঙে টুকরো হয়ে যায় | আদিত্য চমকে ঘুরে ভাঙা ফুলদানিকে দেখে , তারপর রঞ্জনাকে দেখে | রঞ্জনা আদিত্যর দিকে তাকিয়ে একবার হাসে , তারপর বেরিয়ে চলে যায় |]

Scene 17.

Int. রঞ্জনার ঘর গভীর রাত

[রঞ্জনার ঘর | বিছানাতে সঞ্জনা অকাতরে ঘুমোচ্ছে | পুরো ঘর অন্ধকার | রঞ্জনাকে দেখা যাচ্ছে কম্পিউটারের সামনে বসে কিছু study করছে আর ওই আলোতেই সামনে রাখা একটা খাতাতে কিছু লিখছে | বিছানাতে সঞ্জনা পাশ ফিরে শোয় আর হাত বাড়িয়ে দেখে রঞ্জনা পাশে নেই, তারপর আধবোজা চোখে রঞ্জনাকে দেখে |]

সঞ্জনা

(ঘুম চোখে)

কি করছিস এতো রাতে রন্জু..... ঘুমোবি না ?

রঞ্জনা

(সঞ্জনার দিকে না তাকিয়েই)

তুই যেমন নাক ডাকিয়ে ঘুমোচ্ছিস, ঘুমো | আমি একটা কাজ করছি |

সঞ্জনা

(ঘুম চোখে বিরক্তিতে এবার অন্যপাশ ফিরে শুয়ে পড়ে)

ধুর... আর কিছুক্ষনবাদেই ভোর হয়ে যাবে...জেগে থাক তুই |

রঞ্জনা

(কম্পিউটার থেকে চোখ সরিয়ে একটু হেসে)

ভোর তো হতেই হবে... রাত কি চিরকাল থাকে ?

Scene 18.

Int. আদিত্যর ঘর সকাল

[আদিত্য wheel চেয়ারে বসে আছে জানলার দিকে মুখ করে | দরজা খুলে সুজি ঢোকে | দরজা খোলার শব্দে wheel চেয়ার নিয়ে ঘুরে যায় আদিত্য |]

আদিত্য

(হেসে)

আরে মিসেস সুজি... good morning ... এতো সকালে ... কি মনে করে?

সুজি

(হেসে)

Good morning আদিবাবা.... তোমার মেডিসিনের সময় এসে গেছে |

আদিত্য

(ভুরু কুঁচকে)

কেন ? আজ রঞ্জনা আসেনি ?

সুজি

today is Sunday বাবা... আজ তো রঞ্জনার off ... she deserves a off day ... তাই নয় কি ?

আদিত্য

(ঠোঁট উল্টে)

yeah .. thats right ... আসলে আমি ভুলে গেছিলাম যে আজ sunday|

(তারপর একটু হেসে)

ওই কথায় আছে না.... অন্ধের কি বা দিন আর কি বা রাত্রি |

সুজি

(একটু ধমকে)

আদি বাবা , কেন এইরকম কথা বলছো, হাসিখুশি থাকো, নিজের মনকে আনন্দে রাখো, দেখবে জীবনটা অতটাও খারাপ না |

আদিত্য

(হেসে)

সুজি, কফিনের মধ্যে থাকা একটা লাশকে তুমি life এর lesson দিচ্ছ ? বাবার সাথে কথা বলতে হবে, you need rest , সুজি |

[এমন সময় দরজা দিয়ে হন্তদন্ত হয়ে রঞ্জনা ঘরে ঢোকে | সবাই রঞ্জনাকে দেখে চমকে যায় | রঞ্জনার হাতে একটা বাক্স, কিছুটা make up বাক্সের মতো|]

রঞ্জনা

But you need change, আদিত্য |

সুজি

(অবাক হয়ে)

রঞ্জনা, তুমি আজকে ! আজ তো তোমার off day |

রঞ্জনা

(খুব গম্ভীর হয়ে)

Contd..

হ্যাঁ, কিন্তু কি করবো, কাজ পড়ে গেলো, তাই আসতেই হলো |

আদিত্য

(অবাক হয়ে)

কাজ ? কি কাজ ? কে দিলো ?

রঞ্জনা

সব বলছি , আদিত্য , তোমার ওষুধ খাওয়া হয়ে গেছে ?

সুজি

হ্যাঁ...জাস্ট খাওয়ালাম |

রঞ্জনা

(গম্ভীর হয়ে)

মিসেস সুজি, I need your help .

সুজি

(অবাক হয়ে)

yeah sure ডার্লিং ... কিন্তু কি help ?

[রঞ্জনা হাতের বাক্সটা খুলে ফেলে, সেখানে চিরুনি, কাঁচি, শ্যাম্পু, দাড়ি কাটার সরঞ্জাম | রঞ্জনা এসে দাঁড়ায় আদিত্যর সামনে |]

রঞ্জনা

যে আদিত্য চুল দাড়ির পেছনে হারিয়ে গেছে, তাকে খুঁজে বের করতে হবে |

আদিত্য

কিন্তু কেন ? কি প্রয়োজন ?

রঞ্জনা

(গম্ভীর হয়ে)

Contd..

কি প্রয়োজন মানে ? প্রয়োজন আছে, আজ থেকে আদিত্য রায়চৌধুরী নিজেকে আড়াল করে রাখবে না|

আদিত্য

(ঘাড় নেড়ে)

অমাবস্যার রাতে তুমি জ্যোৎস্নার আলো খুঁজছো ?

রঞ্জনা

(গম্ভীর হয়ে)

না, আমি গ্রহণ কাটানোর চেষ্টা করছি |

আদিত্য

(রঞ্জনার দিকে তাকিয়ে)

আমি যদি এটা করতে তোমাকে allow না করি |

রঞ্জনা

(গম্ভীর হয়ে)

পারলে আটকিয়ে নিয়ো |

[সুজি ঘাড় ঘুরিয়ে হেসে ফেলে | রঞ্জনা বাক্স থেকে একটা কালো কাপড় বের করে গলা পর্যন্ত ঢেকে দেয় আদিত্যকে | তারপর আদিত্যর চুল দাড়ি কাটতে থাকে, সুজি একটা পাত্র নিয়ে আসে, রঞ্জনা শ্যাম্পু করিয়ে দেয় | রঞ্জনা দাড়ি কেটে দেয়, তারপর ক্যামেরা আদিত্যর সামনে আসতেই দেখা যায় আদিত্য চোখ বন্ধ করে বসে আছে | মুখের ওপর ফেস প্যাক লাগানো আর চোখের ওপর দুটো সবার টুকরো | সামনে সুজি আর রঞ্জনা বসে আছে |]

আদিত্য

নিজেকে এতটা অসহায় সেদিনও লাগেনি যেদিন শুনেছিলাম আমি প্যারালাইসিস হয়ে গেছি |

রঞ্জনা

Contd..

জীবনে সকিছুরই অভিজ্ঞতা হওয়া দরকার।

আদিত্য

নিজেকে কোনো সায়েন্টিস্টের হাতে গিনিপিগের মতন মনে হচ্ছে।

রঞ্জনা

absolutely .... আমি তোমাকে ঠিক গিনিপিগের মতন সুন্দর বানিয়ে দেব।

আদিত্য

(মুখ বেঁকিয়ে)

গিনিপিগ সুন্দর ? এরকম একটা অসহায়ের ওপর অত্যাচার ভগবানও ক্ষমা করবে না।

[সুজি আর রঞ্জনা একে ওপরের দিকে তাকিয়ে হাসতে থাকে। তারপর এগিয়ে এসে রঞ্জনা আদিত্যর মুখ পরিষ্কার করে দেয়। সুজি একটা বড়ো আয়না নিয়ে এসে আদিত্যর সামনে রাখে। আদিত্যর চোখের ওপর থেকে শশাটা সরিয়ে নিতেই আদিত্য নিজেকে আয়নাতে দেখে। একটা সুন্দর, পরিচ্ছন্ন এবং সুপুরুষ চেহারা আয়নাতে দেখা যায়।]

রঞ্জনা

(হেসে)

কেমন লাগছে ?

আদিত্য

(আয়নার মধ্যে অবাক হয়ে তাকিয়ে)

কোথায় যেন দেখেছিলাম এই ব্যাক্তিটাকে |

রঞ্জনা

(হেসে)

ভীষণ চেনা চেনা লাগছে, তাই না |

সুজি

(খুশিতে চোখের জল বেরিয়ে আসে, হাসি মুখে)

আমাদের আদিবাবাকে কতদিন বাদে যেন দেখছি মনে হচ্ছে |

(তারপর চোখের জল মুছে)

আমি এবার যাই, অনেক কাজ পড়ে আছে ওদিকে |

[সুজি চোখের জল মুছতে মুছতে বেরিয়ে গেলো | সুজি বেরিয়ে গেলে নিজের wheel চেয়ারটা ঘুরিয়ে নেয় আদিত্য রঞ্জনার দিকে |]

আদিত্য

এসব কেন করলে রঞ্জনা ?

রঞ্জনা

(হেসে)

যে কোনো অনুষ্ঠান বাড়িতে কি কেউ এরকম পাগলের মতন যায় ?

আদিত্য

(ভুরু কুঁচকে)

অনুষ্ঠান বাড়ি মানে ?

রঞ্জনা

হ্যাঁ... শালিনীর বিয়েতে যাবে না ?

আদিত্য

(উত্তেজিত হয়ে)

are you out of your mind ? তুমি জানো কিছু ?

রঞ্জনা

আমি সব শুনেছি |

আদিত্য

Contd..

(উত্তেজিত হয়ে)

তুমি কিছু জানো না | তুমি শুধু শুনেছ , শালিনীর সাথে আমার একটা সম্পর্ক ছিল | হ্যাঁ ... ভালোবাসতাম ওকে | কিন্তু আমার প্যারালাইসিস হয়ে যাবার পর ও engage হয় আমার সবথেকে close friend রাহুলের সাথে | এখন ওরা বিয়ে করছে, আর আমাকে যেতে বলছো ওদের বিয়েতে ?

রঞ্জনা

(শান্ত ভাবে)

হ্যাঁ, যাবে | শালিনী আর রাহুল যদি তোমাকে নিমন্ত্রণ করে যেতে পারে, তাহলে তুমি সেই নিমন্ত্রণ রক্ষা করতে পারবে না ? তুমি ভালোবেসেছিলে, অন্যায় তো করোনি | সে সেই ভালোবাসা রাখতে পারেনি, তোমার দুর্বল সময়ে সে তোমাকে support দিতে পারেনি, সেটা তার অযোগ্যতা | তা বলে , তুমি তাকে তার নতুন জীবন শুরু করার জন্যে অভিনন্দন জানাবে না ?

(তারপর একটু হেসে)

আদিত্য, শারীরিক অক্ষমতা কখনো মানসিক প্রতিবন্ধকতা হতে পারে না, মানসিক অক্ষম মানুষ আসলে প্রতিবন্ধী হয় |

আদিত্য

কিন্তু রঞ্জনা...আমি..

রঞ্জনা

তুমি কোনো চিন্তা করো না , আমি যাবো তোমার সাথে | তারা তোমার সাথে যা করেছে, সময় তোমাকে তা একদিন ঠিক ভুলিয়ে দেবে, কিন্তু trust me , তোমার গিয়ে অভিনন্দন জানানো , তারা সারাজীবন মনে রাখবে |

[আদিত্য একদৃষ্টে তাকিয়ে কথা শুনছে রঞ্জনার | রঞ্জনা হেসে চেয়ারটা ঘুরিয়ে দেয় আয়নার দিকে | ক্যামেরা আয়নার ভেতর দিয়ে একসাথে আদিত্য আর রঞ্জনাকে ফ্রেম করে |]

Scene 18.

Ext. Joggers park Moring

[ভোরবেলার joggers পার্ক | ক্যামেরা পুরো পার্কটা দেখছে | বয়স্ক লোজন কেউ হাঁটছে, কেউ ব্যায়াম করছে | একজন একটা লম্বা ঝাঁটা দিয়ে ঝাঁট দিচ্ছে| ঝাঁটার ধুলো আর ঝাঁটা সরতেই দেখা যাচ্ছে পার্কার বেঞ্চে একটা জলে বোতল নিয়ে রঞ্জনা বসে আছে | এমন সময় রকি দৌড়োতে দৌড়োতে পেছনে এসে দাঁড়ায় |]

রকি

(হাঁফাতে হাঁফাতে)

আরে রনজু.... কাল সারাদিন কোনো contact করলে না | তোমাকে ফোনে না পেয়ে আমি শেষে uncle aunty কে ফোন করেছিলাম , বললো তুমি নাকি কালকেও কাজে গেছিলে ?

রঞ্জনা

(ঘাড় নেড়ে)

হ্যাঁ ... একটু দরকার ছিল |

রকি

this is exploitation .... একটা sunday ছুটি...তাতেও ডেকে নেয় |

রঞ্জনা

কেউ ডাকেনি আমায়... আমিই গেছিলাম |

রকি

(আশ্চর্য হয়ে)

মানে, কি জন্যে ? তুমি জানো, আমি কাল আমাদের evening এর কত সুন্দর একটা program set করেছিলাম |

রঞ্জনা

(একটু বুঝিয়ে বলার চেষ্টা করে)

Contd..

একটা সুন্দর ইভনিং কাটানোর চেয়েও অনেক important কাজ ছিল রকি, please , try to উন্ডারস্ট্যান্ড, কাল তোমার evening spoil হয়ে গেছে, I am really sorry , but সত্যিই বলছি...

রকি

(রঞ্জনার কথা কেড়ে নিয়ে খুব বিরক্ত হয়ে)

একটা ভাঙাচোরা মানুষকে দেখাশোনা করার কাজ পেয়েছো, good , করো | আমি কিছু বলছি না, but তা বলে তুমি তোমার personal life কে sacrifice করবে ?

রঞ্জনা

(রেগে তাকায়)

ভাঙাচোরা মানে ? He is paralysis ... বোঝো কষ্টটা কি ? যদি আমি আদিত্যকে না দেখতাম তাহলে হয়তো আমিও বুঝতাম না | একটা ঘরের মধ্যে, একটা wheel চেয়ার আর একটা বিছানা... ব্যাস ...এটাই তার দুনিয়া|

রকি

(ভুরু তুলে)

so what ...

রঞ্জনা

(রেগে উঠে দাঁড়ায়)

so what ? তুমি বুঝবে না রকি, তোমার সেই sense বা feel করার ক্ষমতাটাই নেই | আর by the ওয়ে, তুমি কোন sacrifice এর কথা বলছো, আমরা অনেক সময় নিজের অজান্তেই না চাইতেই অনেক sacrifice করে থাকি, কিন্তু সেই sacrifice আমাদের বাধ্য হয়ে করতে হয়, মেনে নিতে হয় | কিন্তু কিছু sacrifice এ আনন্দ থাকে রকি...ছাড়ো ...তোমাকে বুঝিয়ে লাভ নেই |

[রঞ্জনা কথা শেষ করে দৌড়োতে দৌড়োতে চলে যায় | রকি চুপচাপ বেঞ্চে বসে রঞ্জনার চলে যাওয়া দেখতে থাকে |]

Scene 19.

Int. রুদ্রনারায়ানের বাড়ি সকাল

[রঞ্জনা করিডোর দিয়ে হন্তদন্ত হয়ে হেঁটে আসছে | কিছুটা এগিয়ে আসতেই আদিত্যর ঘর থেকে বেশ কিছু গলার শব্দ শোনা যায় | যেন সবাই খুব ব্যস্ত হয়ে কিছু বলছে | সেই আওয়াজ শুনতে শুনতে রঞ্জনার হাঁটার গতি আস্তে হয়ে যায় | রঞ্জনা এসে প্রবেশ করে আদিত্যর ঘরে | ঘরেতে wheel চেয়ারে আদিত্য বসে আছে, সামনে উত্তেজিত নন্দিনী, সামনে রুদ্রনারায়ণ আর বিক্রম|]

নন্দিনী

(খুব উত্তেজিত হয়ে)

আমি কিছুতেই বুঝতে পারছি না, ডাক্তার সান্যাল এটা কিভাবে বলতে পারলেন|

রুদ্রনারায়ণ

(একটু বোঝানোর চেষ্টা করে)

ব্যাপারটা বোঝো, সান্যাল কখনো আদিত্যকে এসে দেখেনি এমন হয়েছে ? একটা ব্যস্ততা এসে গেছে... after all he has some responsibilities with his profession.

নন্দিনী

(রেগে)

আর সেই professional responsibilities এর মধ্যে আদি পড়ে না ?

রুদ্রনারায়ণ

(বুঝিয়ে)

you are simply over reacting নন্দিনী.... try to understand ..

নন্দিনী

Contd..

(অবুঝ হয়ে চিৎকার করতে থাকে)

no , I will not understand ... আজ সকালে এদিকে দেখতে আসার কথা ছিল,,,কি এমন কাজ ...

আদিত্য

(মাঝখান থেকে)

মা...সান্যাল আঙ্কেল যদি আজ আসতে না পারে, তো দুদিন পরে আসবে | এতে কি এমন difference create হয়ে যাবে আমার জীবনে |

নন্দিনী

(আদিত্যকে ধমকে)

You just shut up.. আদি |

[রঞ্জনা একটু দূরে দাঁড়িয়েছিল | রঞ্জনা এবার এগিয়ে এসে আদিত্যর সামনে দাঁড়ালো |]

রঞ্জনা

(একটু থেমে)

যদি আপনারা কিছু মনে না করেন, তাহলে আমি কি কিছু বলতে পারি ?

[নন্দিনী আর রুদ্রনারায়ণ তাকালো একটা জিজ্ঞাস্য দৃষ্টিতে রঞ্জনার দিকে |]

রঞ্জনা

আদিত্য আজ ডাক্তার সান্যালকে দিয়ে checkup করাবে | কিন্তু ডাক্তার সান্যালকে আসতে হবে না, আদিত্য নিজে যাবে ডাক্তারের কাছে |

নন্দিনী

(উত্তেজিত হয়ে)

কি বলছো তুমি.. do you think he is capable enough to do that?

রঞ্জনা

Contd..

(খুব জোর দিয়ে)

কেন না ? ofcourse he is capable enough ... আর তাছাড়া সঙ্গে আমি আছি, বিক্রম আছে |

রুদ্রনারায়ণ

কিন্তু রঞ্জনা...আজ প্রায় বহু বছর আদিত্য ঘর থেকে বেরোয়নি... ব্যাপারটা বোঝো |

রঞ্জনা

(খুব আত্মবিশ্বাসের সাথে)

আজ এতো বছর ধরে আদিত্য যা করেনি বা করতে পারেনি, তারজন্যে ডাক্তারের পাশাপাশি মানসিক জোরেরও দরকার ছিল | আর সেই জোর তো আদিত্য আমাদের থেকেই পাবে, তাই না ?

নন্দিনী

কিন্তু রঞ্জনা....

[আদিত্য wheel চেয়ারটা এগিয়ে নিয়ে আসে রঞ্জনার দিকে, তারপর নন্দিনীর দিকে তাকায় |]

আদিত্য

I am ready to go..|

নন্দিনী

কিন্তু আদি....

আদিত্য

(গম্ভীর হয়ে)

আজ ডাক্তার না এসে যদি দুদিন বাদে আসে, তাহলে আমার জীবনে বিশাল কোনো পার্থক্য হবে না, আমি জানি | কিন্তু আজ যদি আমি নিজে বাইরে

Contd..

বেরোয়, এতো বছর বাদে, আমার মানুষিকভাবে কি পরিবর্তন আসতে পারে, সেটা আমি নিজেই জানি না | But trust me .. আমি জানতে চাই | so ...discussion is over ... রঞ্জনা..আমাকে তৈরি করে দাও...আমরা বেরোচ্ছি |

[নন্দিনী আর রুদ্রনারায়ণ অবাক হয়ে তাকিয়ে থাকে আদিত্যর দিকে | রঞ্জনা একবার বিক্রমের দিকে তাকিয়ে হাসে | নন্দিনী ঘর থেকে বেরিয়ে যায় | আদিত্য নিজের চেয়ারটা ঘুরিয়ে নিজের আলমারির দিকে চলে যায় |]

Cut to.

Scene 20.

Ext. রুদ্রনারায়ানের বাড়ি বাইরে সকাল

[বাড়ির বাইরে গাড়ি দাঁড়িয়ে আছে | গাড়ির দরজা খুলে একটা slope এর সাহায্যে আদিত্যকে wheel চেয়ার নিয়ে গাড়ির ভেতর ঢোকাচ্ছে বিক্রম

আর রঞ্জনা। বিক্রম ড্রাইভারের পাশের দরজা খুলে গাড়িতে ঢুকে যায়। রঞ্জনা পেছনের দরজা খুলে গাড়িতে বসে আদিত্যর পাশে। গাড়ির পেছনের জানলা দিয়ে দেখা যায় রুদ্রনারায়ণ আর নন্দিনী দাঁড়িয়ে আছে। রঞ্জনা ঘুরে তাকিয়ে চোখের ইশারা করে বোঝায় যে তাদের চিন্তা করতে হবে না। গাড়ি চলতে শুরু করে, ধীরে ধীরে গাড়ি বাড়ির main gate দিয়ে বাইরে বেরিয়ে যায়।]

নন্দিনী

(দুশ্চিন্তাগ্রস্ত হয়ে)

আমার ভীষণ চিন্তা হচ্ছে, আদি বাইরে বেরোলো এতদিন বাদে ...

রুদ্রনারায়ণ

(হেসে)

তুমি চিন্তা করছো ? কিন্তু আমি দেখছি আদিত্যকে আবার নতুন করে ফিরতে।

নন্দিনী

(মাথাটা রুদ্রনারায়ানের বুকের ওপর রেখে main গেটের দিকে তাকিয়ে থাকে)

তাই যেন হয়...

Scene 21.

Int/Ext. গাড়ির ভেতর সকাল

[গাড়ি শহরের রাস্তা দিয়ে চলতে থাকে। কখনো দ্বিতীয় হুগলি সেতুর ওপর দিয়ে, গঙ্গা দেখতে দেখতে, রেসকোর্সের পাশ দিয়ে গাড়ি চলতে থাকে।

বহুদিন পর দেখা ব্যস্ত শহর, মানুষ, চোখে একটা অদ্ভুত আনন্দ আদিত্যর | ক্যামেরা জানলার পাশ দিয়ে ধরা আছে আদিত্যকে, আদিত্য জানলার কাছে মুখ করে চোখ বন্ধ করে অনুভব করছে রোদের গরম, বাইরের হওয়ার গন্ধ , প্রকৃতির অনুভূতি | পুরোটাই একটা background গানের মাধ্যমে বোঝানো হয়| গান শেষ হতেই গাড়ি ডাক্তার সান্যালের চেম্বারের সামনে এসে দাঁড়ায় |]

Scene 22.

Int. ডাক্তার সান্যালের চেম্বার

[সান্যালের বিশাল বড়ো কেবিন | দরজা খুলে আদিত্য ঢোকে, পেছনে রঞ্জনা আর বিক্রম | আদিত্যকে দেখে লাফিয়ে ওঠে চেয়ার থেকে সান্যাল | সান্যালের বয়স ৬০, মাথার চুল সাদা, চেহারাতে একটা আভিজাত্য আছে |]

সান্যাল

(চেয়ার থেকে উঠে এগিয়ে আসে)

আরে আদিত্য...I am rcally astonished to see you here |

আদিত্য

(হেসে)

সান্যাল আঙ্কেল, তুমি জানো আমাকে, মানুষকে চমকে দেওয়ার অভ্যাস আমার অনেক পুরোনো |

সান্যাল

সেটা জানি, কিন্তু এই চমকটা really unexpected |

আদিত্য

(হেসে)

Contd..

শুনলাম তুমি খুব ব্যস্ত .... তাই ভাবলাম, ডাক্তার কেন সবসময় রোগীর কাছে আসবে ? রোগটা যখন আমার তখন মাঝে মাঝে আমিই চলে আসবো| পালতে পারবে না আমার থেকে ...

সান্যাল

কোথায় পালাবো তোমাকে ছেড়ে , তবে বিশ্বাস করো , আজ তোমাকে এখানে দেখে আমার থেকে আনন্দ বোধ হয় কেউ পাচ্ছে না |

আদিত্য

(হেসে রঞ্জনাকে দেখিয়ে)

But unfortunately, this credit not goes to you, this credit goes to রঞ্জনা... আমার বাড়িকে এসব বোঝালো আর আমাকে এমন করে তুললো...দ্যাখো.. I am here |

সান্যাল

(রঞ্জনার দিকে তাকিয়ে)

তোমার কথা অনেক শুনেছি রুদ্রনারায়ানের কাছে, কিন্তু আজ দেখা হলো | great job , রঞ্জনা | মেডিকেল সায়েন্সের বাইরেও কিছু ট্রিটমেন্ট থাকে, যেগুলো হয়তো তোমার মতো কারো থেকেই আশা করা যায় |

রঞ্জনা

(হেসে)

আমি শুধু আমার কাজ করছি, এইসব বলে লজ্জা দেবেন না |

সান্যাল

ঠিক আছে, ঠিক আছে.. তোমরা একটু বাইরে গিয়ে বসো.. আমি ওর check up টা করেনি|

রঞ্জনা

sure .....

cut to..

[রঞ্জনা আর বিক্রম বাইরে বেরিয়ে আসে | বাইরে এসে রঞ্জনা একটা বেঞ্চে বসে পড়ে | বিক্রম এসে পাশে বসে |]

বিক্রম

মিসেস রায়চৌধুরী ফোন করেছিল, ওই ঠিকভাবে পৌঁছেছি কিনা, আদিত্য ঠিক আছে কিনা. this that ..

রঞ্জনা

উনি একজন মা....চিন্তা তো হবেই |

বিক্রম

কিন্তু তোমার সাহস আছে | যে কাজটা করতে মিসেস রায়চৌধুরী সাহস পেলো না এতো বছরে, তুমি কিভাবে করলে ?

রঞ্জনা

(হেসে)

ওই যে বললাম, উনি একজন মা, ওনার স্নেহ হয়তো ওনাকে অনেক কিছু করতে permission দেয় না, কিন্তু হয়তো permission দিলে সেটা ছেলের উপকারই হবে |

বিক্রম

(একটু গম্ভীর হয়ে)

কিন্তু তুমি আদিত্যর জীবনে কিসের ভূমিকা পালন করছো ?

রঞ্জনা

(অবাক হয়ে)

আমি ? আমি আদিত্যর গভর্নেস |

বিক্রম

(হেসে)

professionally ..... কিন্তু তুমি আদিত্যর শক্তি হয়ে উঠছো ধীরে ধীরে |

রঞ্জনা

কিভাবে ?

বিক্রম

আমি আদিত্যকে বহুদিন ধরে দেখছি, একজন হেরে যাওয়া রুক্ষ মেজাজের , নিজেকে নিজের মধ্যে বন্দি করে রাখা মানুষ | কিন্তু আজ আদিত্য এখানে এসেছে, ঘর থেকে বেরিয়েছে , শুধু তোমার ওপর ভরসা করে, তোমার

কথাতে ও অনেক জোর পেয়েছে |

[রঞ্জনা অবাক হয়ে তাকিয়ে থাকে বিক্রমের দিকে | এই সময় দরজা খুলে ডাক্তার সান্যাল বেরিয়ে আসে | সান্যালকে দেখে দুজনেই উঠে দাঁড়ায় |]

বিক্রম

(তাড়াতাড়ি করে)

আমি ভেতরে যাচ্ছি, আদিত্যকে তৈরি করে নিয়ে আসছি |

[বিক্রম ভেতরে চলে যায় | সান্যাল সামনে এসে দাঁড়ায় রঞ্জনার |]

সান্যাল

(হেসে)

আদিত্যর মধ্যে অনেকটা পরিবর্তন এসেছে | ও এখন অনেকটা ভালো আছে |

রঞ্জনা

(হেসে)

Thank God ....

সান্যাল

কোনো মানুষ যদি নিজে থেকে বাঁচার আশা ছেড়ে দেয় , তাহলে পৃথিবীর কোনো ডাক্তারই তাকে সুস্থ করতে পারে না | আদিত্যর মতো মানুষ পৃথিবীতে বেঁচে থাকে শুধু মনের জোরের ওপর | আজ আদিত্য সেটা ফিরে পাচ্ছে, That completely because of you |

[বিক্রম আদিত্যকে নিয়ে বাইরে বেরিয়ে আসে |]

আদিত্য

(হেসে)

তাহলে সান্যাল আঙ্কেল, এবার তুমি যদি না আসার কোনো বাহানা বানিয়েছো, সোজা এসে হাজির হয়ে যাবো | মুক্তি নেই তোমার ...|

সান্যাল

(হেসে)

আমার মুক্তি চাই না... এরমধ্যে একদিন সময় করে যাবো তোমাদের বাড়ি...জমিয়ে আড্ডা দিয়ে আসবো|

আদিত্য

sure ... anyday ... এখন তাহলে চলি |

[বিক্রম আদিত্যকে নিয়ে চলে যায় |]

রঞ্জনা

(হেসে)

আসি তাহলে..

সান্যাল

(হেসে রঞ্জনার মাথায় হাত রাখে)

এসো... তবে আমার একটা অনুরোধ রেখো মা..চেষ্টা কোরো , এইভাবে সবসময় আদিত্যর শক্তি হয়ে আদিত্যর পাশে থাকতে |

[রঞ্জনা হেসে ঘাড় নেড়ে মুখ নামিয়ে নেয়, তারপর হাঁটতে হাঁটতে চলে যায় |]

Scene 23.

Ext /Int. রাস্তা/গঙ্গার পার / গাড়ির ভেতর বিকেল

[গাড়ি রাস্তার ধার দিয়ে যেতে যেতে দেখা যাচ্ছে গঙ্গার পাশ দিয়ে যাচ্ছে | রঞ্জনা জানলা দিয়ে দেখতে দেখতে গাড়ি থামাতে বলে |]

রঞ্জনা

গাড়িটা একটু এখানে দাঁড় করাবে ?

[গঙ্গার পারে মিষ্টি হাওয়া বইছে | গাড়ি গঙ্গার ধরে দাঁড়িয়ে যায় | গঙ্গার পারে আইসক্রিম বিক্রি হচ্ছে |]

বিক্রম

রঞ্জনা, আইসক্রিম খাবে ? আমি নিয়ে আসছি |

রঞ্জনা

(হেসে)

হ্যাঁ, আজ আদিত্যও খাবে... নিয়ে এসো |

আদিত্য

না, আমি খাবো না, তোমরা খাও |

রঞ্জনা

(অবাক হয়ে)

কেন ? তোমার আইসক্রিম ভালো লাগে না ?

আদিত্য

(ভুরু কুঁচকে)

ভালো লাগে... but ..

রঞ্জনা

(কথা থামিয়ে)

ভালো লাগে তো ! ব্যস... আজ বাইরে এসেছো..যা মন থেকে ভালো লাগে তাই করো, তাই খাও..এতো ভেবো না...বেশি ভাববে তো বাঁচবে কবে ?

[রঞ্জনার কথা শুনে আদিত্য অবাক হয়ে তাকিয়ে আছে | বিক্রম হেসে আইসক্রিম আনতে বেরিয়ে যায় গাড়ি থেকে | রঞ্জনা জানালা দিয়ে গঙ্গা দেখতে থাকে |]

রঞ্জনা

এই জায়গাটা আমার খুব প্রিয়, আমি প্রায়ই আসি | যখন বিকেলের দিকে খুব সুন্দর হাওয়া দেয়, যেন উঠতেই ইচ্ছে করে না |

আদিত্য

তুমি প্রায়ই আসো এখানে ? কার সাথে আসো ?

রঞ্জনা

(হেসে)

রকির সাথে...

আদিত্য

(ভুরু কুঁচকে)

রকি ? রকি কে ?

রঞ্জনা

আমার boyfriend ... আমরা এখানে প্রায়ই আসি | যদিও এখন Sunday ছাড়া সময় হয় না |

আদিত্য

(রঞ্জনার দিকে তাকিয়ে)

বাহঃ... কিন্তু তুমি আগে কখনো আমাকে বলোনি যে তোমার boyfriend আছে ?

রঞ্জনা

(হেসে)

তুমি তো জিজ্ঞাসাও করোনি কখনো | আর এটা আবার আলাদা করে বলারইবা কি আছে |

আদিত্য

(ঘাড় নেড়ে মুখ নামিয়ে নিয়ে)

Contd..

তা অবশ্য ঠিক... যাই হোক, বিয়ে করছো কবে ?

রঞ্জনা

করবো | আসলে আমার বাবার চাকরিটা আচমকা চলে গিয়েই সব গন্ডগোল হয়ে গেলো | বাড়িতে সবাই একটু টেনশনে আছে | আর বাবার পাশে দাঁড়াবার জন্যেই আমি চাকরি করছি | বাবা নিজেও খুব চেষ্টা করছে | বাবা বলে, আমি নাকি বাবার শক্তি, জানি না, শক্তি না দুর্বলতা | তবে যেটাই হোক, আমি বাবাকে কষ্টে দেখতে পারি না |

আদিত্য

আর তোমার boyfriend কি করে ?

রঞ্জনা

রকির health suppliment এর business | নিজের একটা ছোট অফিসও নিয়েছে | আর এমনিতে ও boxer , বক্সিং ওর passion , স্টেট লেভেলে খেলার জন্য preparation নিচ্ছে |

আদিত্য

(হেসে)

ওরে বাপ রে... তারমানে তোমার তো সারাজীবনের জন্যে একটা পারফেক্ট বডিগার্ড রয়েছে |

রঞ্জনা

(হেসে)

তা হয়তো ঠিক... কিন্তু আমার কোনো সমস্যা শোনার জন্য তার কাছে সময় কোথায় | ও খালী ওর বক্সিং, ব্যবসা ...এসব নিয়েই ব্যস্ত |

[বিক্রম আইসক্রিম নিয়ে চলে আসে | রঞ্জনা দুটো আইসক্রিম নেয় |একটা নিজে খায়, আরেকটা আদিত্যর মুখে সামনে ধরে | আদিত্য আইসক্রিম খেতে থাকে রঞ্জনার হাত থেকে | খেতে গিয়ে আদিত্যর নাকে লেগে যায় | আদিত্য ট্যারা হয়ে দেখে |]

আদিত্য

নাকের ওপর থেকে আইসক্রিমটা পরিষ্কার করে দাও, নাকের ওপর মাছি বসলে তো ওড়াতেও পারবো না|

[রঞ্জনা রুমাল বের করে আদিত্যর নাকের ওপর থেকে আইসক্রিমটা হেসে পরিষ্কার করে দেয় | গাড়ি গঙ্গার পার ধরে এগিয়ে যায় |]

Scene 24.

Int. রুদ্রনারায়ানের বাড়ি রাত

[রুদ্রনারায়ণ করিডোর দিয়ে হেঁটে আসছে আদিত্যর ঘরের দিকে | করিডোরের দুই পাশ সুন্দর আলোতে সজ্জিত | রুদ্রনারায়ণ একটা হাউসকোট পড়ে আছে, মুখে পাইপ | পাইপের ধোঁয়া ছাড়তে ছাড়তে রুদ্রনারায়ণ এসে দাঁড়ায় আদিত্যর ঘরের দরজার কাছে |]

Cut to.

Int. আদিত্যর ঘর রাত

[আদিত্য wheel চেয়ারে বসে আছে | পেছনে দরজা খুলে রুদ্রনারায়ণ প্রবেশ করে | দরজা খোলার শব্দে আদিত্য চেয়ার নিয়ে ঘুরে যায় রুদ্রনারায়ানের দিকে|]

রুদ্রনারায়ণ

(হেসে)

বল বাবা...কি দরকারে ডাকলি |

(তারপর একটু থেমে)

যদিও তোর যেকোনো কথা শোনার আগেই বলি , you are looking very fresh টুডে, মনে হচ্ছে, আমি আমার পুরোনো আদিত্যকে দেখছি |

আদিত্য

(হেসে)

thank you . But all credit goes to রঞ্জনা | আমার নিজের নিঃশ্বাসের ওপর রাগ ছিল, অভিমান ছিল নিজের heart beat এর ওপর | রঞ্জনা আবার নতুন করে ওদের সাথে বন্ধুত্ব করিয়ে দিলো |

রুদ্রনারায়ণ

কিন্তু আজ যে সেই রাগ অভিমান কেটে গেছে, সেটা তোকে দেখেই বোঝা যাচ্ছে |

আদিত্য

(পাশে থাকা একটা টেবিল লাইটের দিকে তাকিয়ে)

আমার জীবনের আকাশটা কালো মেঘের অভিমানে ঢাকা পড়ে গেছিলো, বাবা| সূর্যোদয় ঠিকভাবে হবে কি করে ? বেঁচে থাকার কোনো ইচ্ছেই যেন ছিল না, কিন্তু আজ যেন নতুন করে সবকিছু ভাবতে ইচ্ছে করছে, বাঁচতে ইচ্ছে করছে| কেন জানি না...হয়তো কারণ ছাড়াই...

রুদ্রনারায়ণ

(এগিয়ে এসে আদিত্যর কাঁধে হাত রাখে হেসে)

কারণটা না হয় তোলা থাকে, ইচ্ছেটাই কাছে থাক |

আদিত্য

(ঘাড় নেড়ে হেসে)

তা ঠিক বলেছো | যাই হোক, বাবা, তোমাকে যে কারণে এখানে ডাকলাম | রঞ্জনার বাবার বহুদিন ধরে চাকরি নেই, ওরা পারিবারিকভাবে একটু সমস্যায় আছে | তুমি আমাদের যে কোনো একটা অফিসে ওর বাবার একটা কাজের ব্যবস্থা করে দাও |

রুদ্রনারায়ণ

(ভুরু কুঁচকে)

সেটা এমন একটা কি বড়ো কথা | কিন্তু, রঞ্জনা এতদিন এখানে আসছে, কোনোদিন কিছু বলেনি তো !

আদিত্য

Contd..

ও কিছু বলবে না, ওর আত্মভিমান মারাত্মক | নেহাত আজ কথায় কথায় বেরিয়ে গেছে |

রুদ্রনারায়ণ

ঠিক আছে, আমি কালই অফিসে গিয়ে সব ব্যবস্থা করছি |

আদিত্য

(হেসে উত্তেজিত হয়ে)

গ্রেট বাবা....Thank you so much |

রুদ্রনারায়ণ

(হেসে)

Thank you কেন ? যে আমার ছেলের জন্য এতটা করতে পারে, আমি তারজন্য এটুকু করতে পারবো না ?

আদিত্য

তবে বাবা, ও যেন কখনো জানতে না পারে, আমি তোমাকে বলে এই কাজটা করিয়েছি |

রুদ্রনারায়ণ

(ভুরু কুঁচকে)

সেটা ঠিক আছে, কিন্তু এই গোপনীয়তাটা কেন ?

[ক্যামেরা ধীরে ধীরে আদিত্যর দিকে close হতে থাকে |]

আদিত্য

ও জানতে পারলে সেটা ওর আত্মসম্মানে লাগবে | আর আমি ওর আত্মসম্মানকে respect করি |

Scene 25.

Int. রুদ্রনারায়ানের বাড়ি সকাল

[আদিত্যর ঘরের বাইরে ওষুধের টেবিলের সামনে একটা কম্পিউটার খোলা আছে| সেই কম্পিউটারের সামনে রঞ্জনা আর বিক্রম বসে কিছু একটা স্টাডি করছে , আর দুজনেই সেটা একটা পাশে রাখা খাতাতে লিখছে |]

[কম্পিউটারের পেছন দিয়ে দেখা যাচ্ছে নন্দিনী হেঁটে আসছে | নন্দিনী এসে দাঁড়ায় ওদের সামনে | মুখের মধ্যে একটা অদ্ভুত গাম্ভীর্য |]

নন্দিনী

(বিক্রমের উদ্দ্যেশ্যে)

বিক্রম, তুমি একটু আদিত্যর কাছে গিয়ে বসবে ? আমার রঞ্জনার সাথে কিছু কথা আছে |

বিক্রম

(চেয়ার থেকে উঠে দাঁড়ায়)

Sure ma'am..

[বিক্রম হেঁটে চলে যায়, তারপর আদিত্যর ঘরের দরজা খুলে ঢুকে যায় |]

নন্দিনী

(গম্ভীর হয়ে বিরক্তির সাথে)

রঞ্জনা, এটা আমি কি শুনছি ?

রঞ্জনা

(আশ্চর্য হয়ে)

কেন ম্যাডাম, কি হয়েছে ?

নন্দিনী

(বিরক্তির সাথে)

আমি শুনলাম, তুমি নাকি আদিত্যকে বলেছো শালিনীর বিয়েতে যেতে ? সাথে তুমিও যাবে, মানে আদিত্যকে নিয়ে যাবে ?

রঞ্জনা

হ্যাঁ, বলেছি |

নন্দিনী

(রেগে গিয়ে)

তুমি কি করে এই সাজেশন দাও আদিত্যকে ? আমি তোমাকে সব বলেছি শালিনীর ব্যাপারে, ওদের সম্পর্কের ব্যাপারে, তাও ?

রঞ্জনা

ওদের সম্পর্কের ব্যাপারে , একটা মা হয়ে যতটা জানার দরকার ঠিক ততটাই আপনি জানেন ম্যাডাম, আর আমি জানি একটা বন্ধুর মতো | শালিনীর জন্য ওর মনের ভেতর জমে থাকা ভালোবাসা, কিভাবে রাগ, দুঃখ আর ক্ষোভে পরিণত হয়েছে, সেটা আমি জানি ম্যাডাম |

নন্দিনী

(রেগে ব্যাঙ্গের হাসি হেসে)

আর সেটা জানার পরেও তুমি ওকে ওখানে নিয়ে যাওয়ার পরামর্শ দাও ?

রঞ্জনা

(হেসে)

ম্যাডাম, একটা পথ দুর্ঘটনা মানুষকে শারীরিকভাবে অক্ষম করে দেয়, সারাজীবনের জন্য |তবু সে বেঁচে থাকে, নিজের কাছে, নিজের মধ্যে, নিজের জন্যে | কিন্তু যখন কেউ নিজের মানসিক ভারসাম্যতা হারিয়ে ফেলে, ভেঙে ফেলে, তখন সে তো নিজের বেঁচে থাকার আশাটাও হারিয়ে ফেলে| মৃত্যু তো কষ্টের , কিন্তু ম্যাডাম, বেঁচে থেকে পাওয়া মৃত্যু যন্ত্রনা ? সেটা যে আর ও ভয়ংকর |

নন্দিনী

(অবাক হয়ে তাকিয়ে থাকে রঞ্জনার দিকে)

কি বলতে চাইছো তুমি |

রঞ্জনা

Contd..

ভালোবাসা থেকে যে আঘাত পেয়েছে আদিত্য, সেটাকে face করতে দিন ম্যাডাম | কাছের বন্ধুর থেকে যে বিস্বাসঘাতকতা পেয়েছে, তার জবাব ওকেই দিতে হবে, সেটা দিতে দিন ম্যাডাম |

(হেসে)

ভগবান আমাদের দুটো পা দিয়েছে, যার ওপর ভর দিয়ে আমরা দাঁড়াই, কিন্তু সত্যিই কি আমরা আমাদের পায়ের ওপর দাঁড়াই ? ওকে দাঁড়াতে দিন ম্যাডাম |

[নন্দিনী চুপ করে তাকিয়ে থাকে রঞ্জনার দিকে | রঞ্জনা হেসে চলে যায় আদিত্যর ঘরের দিকে | নন্দিনী দেখতে থাকে রঞ্জনাকে, তারপর মুখ ঘুরিয়ে দেখে কম্পিউটারে খোলা page আর পাশে রাখা খাতা, যেখানে আদিত্যর মনের জোর বাড়ানোর বিভিন্ন case study র ওয়েবসাইট খোলা থাকে |]

Scene 26.

Int. রঞ্জনার বাড়ি রাত

[রঞ্জনার বাড়ির দরজাতে কলিং বেল বেজে ওঠে | সঞ্জনা দৌড়োতে দৌড়োতে এসে দরজা খোলে | রঞ্জনা ভেতরে ঢুকতেই সঞ্জনা উৎফুল্ল হয়ে রঞ্জনাকে জড়িয়ে ধরে | ভেতর থেকে হাসতে হাসতে বেরিয়ে আসে সাহানা আর অবিনাশ|]

রঞ্জনা

(একটু অবাক হয়ে)

হয়েছেটা কি, বলবি তো |

সঞ্জনা

(উৎফুল্ল হয়ে)

বাবা চাকরি পেয়ে গেছে....

রঞ্জনা

(আনন্দে)

Contd..

কি ? কি বলছো বাবা...... আমাকে ফোন করে একবার বলবে তো খবরটা।

অবিনাশ

(হেসে)

আমি ভাবলাম, তুই এলেই এই খবরটা দিয়ে তোকে surprise দেব।

রঞ্জনা

এটাতো মারাত্মক সুখবর...

সাহানা

হ্যাঁ রে... ঠাকুর মুখ তুলে চেয়েছেন এবার....

অবিনাশ

(হেসে)

এবার আমি রঞ্জনার জন্মদিন করবো....ধুমধাম করে।

সঞ্জনা

(আনন্দে)

wow ... হেব্বি হবে।

রঞ্জনা

একদম না... সবে চাকরি পেয়েছো, এতোদিনবাদে , ফালতু খরচ একদম না।

সাহানা

(গর্বের সাথে)

দেখেছো, আমাদের রঞ্জনা এখন আর সেই ছোট্ট রনজু নেই।

অবিনাশ

হতে পারে, কিন্তু আমার কাছে সেই ছোট্ট রনজু ই রয়েছে, আর থাকবে।

রঞ্জনা

Contd..

(একটু শাসনের সুরে)

ঠিক আছে, কিন্তু বেশি লোক ডাকার দরকার নেই, আমরা নিজেদের মধ্যেই থাওয়া দাওয়া করবো না হয়।

সাহানা

সেটাই ভালো....শুধু রকিকে ডেকে নেবো, ও তো আর বাইরের কেউ না, ঘরেরই।

অবিনাশ

(হেসে)

সেটাই best ...

রঞ্জনা

(একটু চুপ করে)

হয়তো আরেকজন আসতে পারে.....guest ....

[ক্যামেরা ফোকাস হবে ধীরে ধীরে রঞ্জনার দিকে |]

Cut to.

Scene 27.

Int. রুদ্রনারায়ানের বাড়ি/ বৈঠকখানা সকাল

[রুদ্রনারায়ণ গম্ভীর হয়ে দাঁড়িয়ে আছে একটা টেবিলের সামনে | সোফার ওপর বসে আছে নন্দিনী | দুজনেরই চোখে মুখে একটু রাগ আর দুশ্চিন্তার ছাপ |]

নন্দিনী

তুমি কত sure যে ওখানে গেলে আমাদের আদিত্য সুস্থ হয়ে যাবে, আগের মতো ?

রুদ্রনারায়ণ

Contd..

সেটা আমি কি করে বলবো তোমাকে | আমি এটুকু জানি এখানকার সব ডাক্তাররা হাল ছেড়ে দিয়েছে, but ওখানকার ডাক্তাররা বলছে 80 --20 chances আছে |

নন্দিনী

80 -20 বলতে ?

রুদ্রনারায়ণ

(একটু থেমে ইতস্তত হয়ে)

80 - 20 মানে...20 % সুস্থ হবার |

নন্দিনী

(উত্তেজিত হয়ে)

20 % chance means it's negligible, আর তুমি সেই কথার ওপর base করে আদিত্যকে নিয়ে লন্ডন যাবে ? ওর শরীরের এই অবস্থা, রাস্তাতে যদি কিছু হয়ে যায়, who will be responsible ?

রুদ্রনারায়ণ

(চিৎকার করে)

I will be responsible , আমি আদিত্যর জন্য লক্ষ লক্ষ টাকা খরচ করেছি, ইন্ডিয়ার সমস্ত ডাক্তার দেখিয়েছি, consult করেছি |

(তারপর নন্দিনীর সামনে বসে নম্রভাবে)

তুমি আদিত্যর মা, আমি বুঝি তোমার মাতৃত্ব তোমাকে কি বলছে | But try to understand, I am also his father, he is our only child. আর আমি যতদিন বাঁচবো, আদিত্যকে এইভাবে দেখতে পারবো না | আমার শেষ নিঃশ্বাস পর্যন্ত আমি লড়ে যাবো আদিত্যকে ঠিক করতে |

নন্দিনী

(রুদ্রনারায়ানের হাতের ওপর হাত রেখে কেঁদে ফেলে)

Contd..

তোমার যা ইচ্ছে তুমি তাই করো , কিন্তু আমার আদিত্যর আর কোনো ক্ষতি আমি আর সহ্য করতে পারবো না রুদ্র |

[নন্দিনী কাঁদতে থাকে | রুদ্রনারায়ণ নিচের থেকে উঠে সোফাতে নন্দিনীর পাশে এসে বসে নন্দিনীকে জড়িয়ে ধরে | নন্দিনী রুদ্রনারায়ানের বুকের মধ্যে মাথা রেখে কাঁদতে থাকে | ক্যামেরা ধীরে ধীরে ওদের থেকে সরে এসে দরজার কাছে যায়, দরজার আড়ালে রঞ্জনা দাঁড়িয়ে সব শুনছে | রঞ্জনার দুচোখ দিয়ে জল পড়ছে |]

Scene 28.

Int. রঞ্জনার বাড়ি সন্ধ্যেবেলা

[রঞ্জনার বাড়ি খুব সুন্দর করে সাজানো | ঘরের মাঝে একটা সুন্দর কেক রাখা আছে | কেকের সামনে দাঁড়িয়ে আছে রঞ্জনা | রঞ্জনাকে ঘিরে আছে অবিনাশ, সাহানা, সঞ্জনা আর রকি | রকি মোবাইল নিয়ে ছবি তুলে যাচ্ছে | কেকের ওপর মোমবাতি জ্বলছে | রঞ্জনা বার বার ঘড়ি দেখছে, যেন অপেক্ষা করছে কারো জন্য |]

রকি

রনজু... এবার কেকটা কাটো, সত্যিই বলছি, মারাত্মক খিদে পেয়েছে |

সঞ্জনা

(মজা করে)

হ্যাঁ রনজু, এবার কত কেকটা, বডি বিল্ডাররা আবার বেশিক্ষন খিদে চেপে থাকতে পারে না |

রকি

(একটু বিরক্তির সুরে)

very funny ... সনজু.. বডি বিল্ডিং একটা সাধনা, ইডিয়ট |

সাহানা

Contd..

(রঞ্জনার কাঁধে হাত রেখে)

কিসের জন্য অপেক্ষা করছিস মা, কাট এবার , সবাই অপেক্ষা করছে যে |

[রঞ্জনা কেক কাটতে যাবে, ঠিক সেইসময় দরজাতে বেল বাজলো | রঞ্জনা ছুটে গেলো দরজা খুলতে | রঞ্জনার এইভাবে ছুটে যাওয়া সবাই অবাক হয়ে দেখতে লাগলো | রঞ্জনা দরজা খুলতেই দেখা গেলো আদিত্য wheel চেয়ারে বাইরে আর পেছনে বিক্রম |]

আদিত্য

(হেসে)

Happy Birthday.. রঞ্জনা |

রঞ্জনা

(হেসে)

আমি ভাবছিলাম, তুমি বোধহয় আর এলে না |

আদিত্য

(হেসে)

তা কি করে হয়, যে আসবো না | আসলে তুমি তো জানোই আমার নিজেকে তৈরি করতে একটু সময় লাগে |

রঞ্জনা

ভেতরে চলে এসো |

[রঞ্জনা আদিত্য আর বিক্রমকে নিয়ে ভেতরে চলে এলো | সবাই দাঁড়িয়ে দেখছে| রঞ্জনা দাঁড়িয়ে সবার সাথে পরিচয় করালো |]

রঞ্জনা

(হেসে)

Contd..

পরিচয় করিয়ে দি, আদিত্য রায়চৌধুরী আর ও হচ্ছে বিক্রম | বিক্রম আদিত্যর ফিজিওথেরাপিস্ট | আর আদিত্য, আমার বাবা , মা, আমার বোন সঞ্জনা আর রকি, আমার ফিয়ন্সে |

[সবার সাথে পরিচয় শেষ করার পর রঞ্জনাকে |]

অবিনাশ

I think , এবার সবাই এসে গেছে | এখন কেকটা কাটাই যেতে পারে |

[সবাই হেসে উঠলো, রঞ্জনা কেকের সামনে গিয়ে দাঁড়ালো | রঞ্জনা মোমবাতিতে ফু দিয়ে কেক কাটলো | সবাই হ্যাপি বার্থডে গান গাইলো হাততালি দিয়ে | রঞ্জনা একটু একটু করে কেক সবাইকে খাইয়ে দিলো, আদিত্যকেও খাওয়ালো, সাথে বিক্রমকেও |]

Cut to.

Int. রঞ্জনার বাড়ি/ডাইনিং টেবিল রাত

[সবাই ডাইনিং টেবিলে বসে আছে | রঞ্জনা বসে আছে আদিত্যর পাশে | ঠিক উল্টোদিকে বসে আছে রকি |]

অবিনাশ

(হেসে)

আপনি আমাদের বাড়িতে আসবেন, আমাদের সাথে ডিনার করবেন, we are really honoured |

আদিত্য

(হেসে)

আপনি যদি এরকমভাবে বলেন, তাহলে বুঝতে হবে আপনি আমাকে একদমই নিজের করে ভাবতে পারছেন না |

অবিনাশ

(লজ্জা পেয়ে)

Contd..

ছি ছি...এ আপনি কি বলছেন |

[রঞ্জনা একটা চামচ দিয়ে আদিত্যকে খাইয়ে দিচ্ছে, আর মাঝে মাঝে ন্যাপকিন দিয়ে মুখটা মুছিয়ে দিচ্ছে| রকি অপরদিকে থেকে একটা ঈর্ষাকাতর দৃষ্টিতে সেটা লক্ষ্য করছে|]

রকি

(হেসে ব্যাঙ্গাত্মক ভাবে)

আসলে আপনি হলেন রঞ্জনার মালিক, তাই সবার হয়তো এরকম লাগছে|

আদিত্য

(হেসে)

সব থেকে বড়ো কথা হলো, রঞ্জনা আমার গভর্নেস, আমি ওর মালিক না| আর তাছাড়া আজকের দিনে দাঁড়িয়ে মালিক চাকরির বৈষম্য নিয়ে আপনি ভাবেন নাকি ?

সাহানা

তোমাকে আরেকটু কিছু দি ?

আদিত্য

(হেসে)

আরে না না... করছেন কি , প্রচুর খেয়ে নিয়েছি| আর পারবো না...প্লিজ

রকি

(হেসে)

আপনি যখন জন্মদিনে আসতে পেরেছেন, hope আমাদের বিয়েতেও নিশ্চয়ই আসতে পারবেন|

[রঞ্জনা রকির দিকে তাকায়, যেন দৃষ্টি দিয়ে বুঝিয়ে দেয় রকির প্রশ্ন অবান্তর|]

আদিত্য

(হেসে)

নিশ্চয়ই আসবো, কবে বিয়ে হচ্ছে তোমাদের ?

রকি

অনেক আগেই হয়ে যেত, আসলে আমার business টা establish এর জন্য একটু wait করছিলাম, business ঠিক হলো তো আঙ্কেল বেকার হয়ে গেলো | এখন সব sorted out , আঙ্কেল ও একটা ভালো job পেয়ে গেছে, now we will settle down |

আদিত্য

(হেসে)

সময় তো সবারই খারাপ আসে, আবার সময়ই সব ঠিক করে দেয় | যদিও এটা আমাকে তোমার রঞ্জনাই বুঝিয়েছে, you are really a lucky person, সবার জীবনে এরকম লাইফ পার্টনার জোটে না |

Cut to.

[আদিত্য তৈরি হয় এবার ফিরে যাওয়ার জন্যে | এই সময় বিক্রম কানে কানে কিছু বলে আদিত্যকে |]

আদিত্য

(হেসে)

Ohh shit...I am extremely sorry.. আমি তোমার গিফটটা দিতেই ভুলে গেছি, thanks বিক্রম মনে করিয়ে দেওয়ার জন্যে |

[বিক্রম খুব সুন্দর গোলাপের একটা সেট রঞ্জনাকে দিলো | রঞ্জনা চোখ ভরে গোলাপগুলো দেখতে থাকলো|]

আদিত্য (contd ..)

রঞ্জনা আমার জীবনকে যা দিয়েছে, তার পরিবর্তে ওকে দেওয়ার মতো আমি কিছুই পেলাম না, কোনোকিছুই যেন ওর যোগ্য বলে ভাবতে পারছিলাম না | তাই এই ফুলগুলো দিলাম, কারণ আমার মনে হলো, রঞ্জনার পরে যদি সুন্দর কিছু থাকে, সেটা ফুল ছাড়া আর কিছু হতে পারে না |

রকি

Contd..

(ব্যাঙ্গাত্মক ভাবে)

তা বলে প্লাস্টিকের ফুল, মিস্টার আদিত্য ?

আদিত্য

(হেসে)

কারণ প্লাস্টিকের ফুল কখনো মূর্ছায় না, যত্নে রাখলে চিরকাল এরকমই থাকে |

(তারপর সবার দিকে তাকিয়ে)

আসি আজ, ভীষণ ভালো লাগলো আপনাদের পরিবারে সবার সাথে সময় কাটিয়ে | এই সময়টা চিরকাল আমার একটা স্মৃতি হয়ে থাকবে |

[বিক্রম আদিত্যকে নিয়ে বেরিয়ে গেলো | বাড়ির বাইরে রঞ্জনা তার পরিবারের সাথে দাঁড়িয়ে রইলো | বিক্রম গাড়ির দরজা খুলে ঢুকিয়ে দিলো আদিত্যকে | বিক্রম হাত নেড়ে সবাইকে বিদায় জানালো | আদিত্য জানলা দিয়ে রঞ্জনার দিকে তাকিয়ে একবার হাসলো | তারপর গাড়ি বেরিয়ে গেলো

সোজা সামনের রাস্তা ধরে |]

Scene 29.

Int. রঞ্জনার বাড়ি/বেডরুম রাত

[রঞ্জনা আর সঞ্জনা বিছানাতে পাশাপাশি শুয়ে আছে | ক্যামেরা ওপর থেকে ধরা আছে | গোটা ঘর অন্ধকার, শুধু রঞ্জনার পাশে একটা টেবিলে লাইট জ্বলছে |]

সঞ্জনা

একটা কথা জিজ্ঞেস করবো ?

রঞ্জনা

বল..

সঞ্জনা

আদিত্য এতো বড়োলোক, কিন্তু ওর মধ্যে কোনো অহংকার নেই, তাই না ?

রঞ্জনা

যার গোটা জীবনটাই মৃত্যুর সমান, সে আর কি অহংকার করবে |

সঞ্জনা

(একটু ইতস্তত হয়ে)

সেটা ঠিক...তবে..

(রঞ্জনার দিকে তাকিয়ে)

একটা সত্যি কথা বলবি ? তুই আদিত্যকে ভালোবাসিস ?

রঞ্জনা

(সঞ্জনার দিকে তাকিয়ে)

তোর এমন কেন মনে হচ্ছে ?

সঞ্জনা

আজ তোর আদিত্যর জন্য অপেক্ষা করা, তোর দুচোখের ছাউনিতে যে প্রতীক্ষা ছিল, সব দেখে আমার কেমন যেন মনে হলো।

রঞ্জনা

(উল্টোদিকে ফিরে শোয়)

জানি না, ভালোবাসা কিনা। তবে আজ আদিত্যর জন্য কিছু করা, ভাবা, সবকিছু যেন আজ আমার কাছে শুধু একটা চাকরি না। একটা ভেঙে পড়া মানুষকে সোজা করে দাঁড় করানো, তার পাশে থাকা, মানসিকভাবে একটা জোর ফেরানো, এটা যেন আজ আমার জীবনের একটা লক্ষ্য হয়ে গেছে।

সঞ্জনা

(কৌতূহলী ভাবে)

আর আদিত্য ?

রঞ্জনা

আদিত্যর কাছে আমি ওর একমাত্র ভরসা, একমাত্র আশ্রয়।

Scene 30.

Int. আদিত্যর ঘর সকাল

[আদিত্য wheel চেয়ারে বসে আছে, হাসিমুখে বিক্রমকে কিছু বোঝানোর চেষ্টা করছে, কিন্তু বিক্রম বুঝতে চাইছে না |]

আদিত্য

(হেসে)

ohh ... come on বিক্রম ....এতো ভয়ের কি আছে |

বিক্রম

No.. I will not take any responsibility.

আদিত্য

(হেসে)

আমি জানি তুমি responsibility নিতে ভয় পাও, তাই তো এখনো ব্যাচেলর রয়ে গেলে |

বিক্রম

very funny ... but এইভাবে তুমি আমাকে convince করতে পারবে না |

আদিত্য

(হাসতে হাসতে)

দ্যাখো বিক্রম, এই নাটকে দুটো character , তুমি play করবে support এর আর রঞ্জনা তো বাকিটা দেখেই নেবে | She knows me , my everything |

বিক্রম

Contd..

(আদিত্যর দিকে তাকিয়ে)

একটা কথা বলো আদিত্য, তোমার কি মনে হয় , রঞ্জনা এখানে শুধুই তার চাকরি করছে ?

আদিত্য

(হালকা হাসি মুখে রেখে)

যখন কোনো মালি , বাগানের একটা ছোট্ট চারাগাছকে খুব যত্ন করে বড়ো করে, তারপর ধীরে ধীরে একটা বাগান বানায়, তখন সে আর নিজেকে সেই বাগানের মালি ভাবতে পারে না , কারণ পুরো বাগানটাই যে তার সৃষ্টি |

বিক্রম

আর বাগানের ফুল, গাছ ..এরা ?

আদিত্য

(চেয়ারটা ঘুরিয়ে নেয় বিক্রমের সামনে থেকে)

গাছ , ফুল এরা জানে, এদের একদিন ঝরে যেতে হবে | মালির হাতে যে অনেক দায়িত্ব, মালিকে যে অন্য কারো বাগানও সাজাতে হবে |

[এইসময় দরজা খুলে রঞ্জনা ঢোকে | দরজার শব্দে আদিত্য ঘুরে যায় চেয়ার নিয়ে দরজার দিকে | বিক্রম তাকায় রঞ্জনার দিকে |]

আদিত্য

(হেসে)

এই তো, আমার super power এসে গেছে | এবার দেখবে, সব problem কেমন solve হয়ে যাবে |

রঞ্জনা

(ভুরু কুঁচকে)

কি problem ?

বিক্রম

Contd..

(আদিত্যকে থামিয়ে নিজে বলা শুরু করে)

আদিত্যর demand , এখন থেকে তিন ঘন্টার journey করে, উনি ওনাদের farm house এ তিনদিন কাটিয়ে আসবে |

আদিত্য

wait wait , তুমি যেভাবে বলছো, তাতে মনে হচ্ছে আমি এই অবস্থায় একশো মিটার দৌড়ে পার্টিসিপেট করার জন্যে জেদ করছি | আরে, এইভাবে কেউ বলে ? যে কেউ ঘাবড়ে যাবে |

(তারপর রঞ্জনার দিকে তাকিয়ে)

Let me explain ... কলকাতার কাছেই আমাদের একটা farm house আছে | আমি আগে যেতাম, but last five years যাইনি | খুব সুন্দর জায়গা, চারিদিকে সবুজ, সকালে সুন্দর পাখির ডাক, ফুল | আর fresh air .... like you |

রঞ্জনা

(কিছুক্ষন স্থির চোখে তাকিয়ে থাকে আদিত্যর দিকে)

বেশ তো... গেলেই হয় |

বিক্রম

(উত্তেজিত হয়ে)

রঞ্জনা, তুমিও ওর সাথে লাফাচ্ছো ?..

আদিত্য

(হাসতে হাসতে)

I told you বিক্রম.....now the problem is solved |

বিক্রম

রঞ্জনা...তিন ঘন্টার journey গাড়িতে....যদি কিছু হয় ?

[রঞ্জনা গম্ভীর হয়ে এগিয়ে আসে আদিত্যর চেয়ারের কাছে | তারপর চেয়ারের হাতল ধরে আদিত্যর সামনে হাঁটুমুড়ে বসে , আদিত্যর দিকে চুপচাপ তাকিয়ে থাকে | আদিত্য হাসি মুখে তাকিয়ে আছে রঞ্জনার দিকে|]

রঞ্জনা

কিছু হবে না, আমি তো আছি |

Scene 31.

Ext. Parking in front of a decorated Banquet evening

[একটা বিরাট বড়ো সাজানো গোছানো banquet | যার সামনে সারিবদ্ধ হয়ে দাঁড়িয়ে আছে প্রচুর গাড়ি| সবাই সেজে গুঁজে ব্যস্ত হয়ে ভেতরে ঢুকছে | আদিত্যর গাড়ি এসে banquet এর দরজার কাছে দাঁড়ায় | গাড়ির সামনে দরজা খুলে বিক্রম নেমে আসে, আর পেছনের দরজা খুলে রঞ্জনা নামে | তারপর দুজনে মাইল wheel চেয়ার নিয়ে আদিত্যকে নামায় | আদিত্য গাড়ি থেকে নেমে একটু এগোতেই সামনে তাকায়, যেখানে লেখা আছে " Shalini weds Rahul "| কিছুক্ষন তাকিয়ে তারপর রঞ্জনা আর বিক্রমের সাথে ভেতরে চলে যায় |]

Cut to.

Scene 32.

Int. Banquet Hall Evening

[শালিনী আর রাহুলের বিয়ের পার্টি চলছে | সবার হাতে ড্রিংকসের গ্লাস | সবাই সেজেগুজে আনন্দে মত্ত, জায়গায় জায়গায় সব ভিড় করে আছে, হাসি মজা আনন্দের মহল | ভেতরে খুব সুন্দর একটা পার্টি মিউসিক চলছে | ক্যামেরা ঘুরে আসে শালিনীর দিকে, যেখানে শালিনী খুব হেসে কয়েকজনের সাথে কথা বলছে | শালিনীর পাশে দাঁড়ানো একটা মেয়ে শালিনীকে কানে কানে কিছু বলে| ক্যামেরা close shot এ দেখে শালিনীর কান আর মেয়েটির ঠোঁট |]

মেয়েটা

(কানে কানে)

আদিত্য...

[শালিনী ঘুরে তাকায় অবাক দৃষ্টিতে | দেখা যায় আদিত্য ভিড়ের ভেতর দিয়ে wheel চেয়ার নিয়ে এগিয়ে আসছে শালিনীর দিকে | পেছনে একদিকে বিক্রম আর অন্যদিকে রঞ্জনা হাতে ফুল নিয়ে |]

[আদিত্য এগিয়ে এসে শালিনীর দিকে তাকায়, শালিনী তাকিয়ে আছে বিস্মিতভাবে আদিত্যর দিকে |]

আদিত্য

Congratulations.... শালিনী

শালিনী

(একটু মৃদু হেসে)

Thank you..

রঞ্জনা

(হেসে ফুলটা দেয় শালিনীর হাতে)

congratulations ...

শালিনী

(হেসে)

Thank you ...

আদিত্য

(হেসে)

তোমাকে দেখে মনে হচ্ছে তুমি খুব একটা happy হওনি আমাকে এখানে দেখে|

শালিনী

(একটু অপ্রস্তুত হয়ে)

না না... তা কেন... actually I did not expect ...আর তোমাকেও একদম change লাগছে |

আদিত্য

Contd..

(হেসে)

মানুষ যেটা expect করে সেটা হয় না, সেটাই হয় যেটা সে হয়তো কখনো ভাবেইনি, তাই না ? আর আমার change ? আসলে এটাও unexpected .... আমার হারিয়ে ফেলা চেহারাটাকে রঞ্জনা খুঁজে দিলো....আচমকা |

শালিনী

(ভুরু তুলে)

Good ....

(তারপর সামনের দিকে তাকিয়ে রাহুলকে দেখে)

রাহুল....দ্যাখো কে এসেছে |

[রাহুল এসে দাঁড়ায় আদিত্যর সামনে | আদিত্য একগাল হেসে |]

আদিত্য

Congratulations....

রাহুল

Thank you

[আচমকা শালিনীকে কেউ ডাকে, শালিনী সবার থেকে excuse me বলে অন্যদিকে চলে যায় | বিক্রম আদিত্যর কাঁধে হাত রেখে |]

বিক্রম

আমরা একটু ওদিকে আছি..

আদিত্য

sure ...তবে বেশিক্ষন থাকবো না কিন্তু..

বিক্রম

জানি..

(তারপর রঞ্জনাকে)

Contd..

চলো আমরা একটু ওদিকটা যাই |

[বিক্রম আর রঞ্জনা অন্যদিকে চলে গেলো |]

রাহুল

(হেসে)

আমি really আশা করিনি, তুই আসতে পারবি | তবে trust me , তোকে এখানে দেখে সত্যিই খুব ভালো লাগছে |

আদিত্য

(হেসে)

শালিনীও আশা করেনি, সত্যি কথা বলতে কি, আমি নিজেও আশা করিনি কোনোদিন যে আমি এখানে এইভাবে আসবো | আসল কথা কি জানিস, আমাদের সবার মধ্যে একটা অবুঝ মন আছে, প্রত্যেকেই কোনো একটা জায়গাতে খুব দুর্বল, অসহায় | আমি লাকি যে সেই দুর্বল আর অসহায় অবস্থার একটা support আমি পেয়েছি, আর তারজন্যেই আমি আজ এখানে|

রাহুল

Good ... congrats ...

Cut to.

[পার্টির একটা পাশে রঞ্জনা দাঁড়িয়ে আছে হাতে একটা গ্লাস নিয়ে | আস্তে আস্তে শালিনী এসে দাঁড়ায় রঞ্জনার পেছনে |]

শালিনী

Hi .. রঞ্জনা |

রঞ্জনা

(শালিনীর দিকে ঘুরে)

ওঃ ...Hi |

শালিনী

Contd..

(একটু চুপ করে)

আদিত্যকে দেখে ভালো লাগছে...ওকে যেমন দেখেছিলাম | ও বললো তোমার জন্যেই নাকি আজ ওর সবকিছু ঠিক হয়েছে |

রঞ্জনা

(হেসে)

আমি আদিত্যর গভর্নেস, আমি শুধু আমার কাজ করেছি |

শালিনী

(একটু ব্যাঁকা হাসি হেসে)

Lucky আদিত্য, যে এরকম গভর্নেস পেয়েছে | যে normal দেখাশোনা করার সাথে সাথে মানসিক দেখাশোনাও করে, এমনকি এরকম একটা বিয়ে বাড়িতেও নিয়ে আসে |

রঞ্জনা

(হেসে)

আসলে হয়তো আমি এখনো অতোটা professional হয়ে উঠতে পারিনি | তবে আমি এটুকু জানি, কোনো মানুষ শারীরিকভাবে সুস্থ হয়ে ওঠার জন্যে তার মনের মধ্যে জমে থাকা সব বোঝা থেকে মুক্ত হওয়া ভীষণ দরকার |

শালিনী

(ব্যাঙ্গাত্মক ভাবে)

আর এইভাবেই তুমি আদিত্যকে মানসিক চিকিৎসার মধ্যে রেখেছো ?

রঞ্জনা

(হেসে)

না না, আমি কে চিকিৎসা করার | আসলে কি জানো, আমরা সবাই কিছু না কিছুভাবে মানসিকভাবে অসুস্থ | আমরা সবসময় কখনো মিথ্যা দিয়ে সত্যকে আগলাই, আবার কখনো সত্য দিয়ে মিথ্যাকে আগলাই | আমি শুধু আদিত্যকে

Contd..

এই সত্য মিথ্যার একটা পরিচয় করিয়ে ওকে শুধু মন থেকে আগলে রেখেছি | আর বাকিটা এখন ও নিজেই সামলে নেয় |

Cut to.

Scene 33.

Int. রঞ্জনার বাড়ি সন্ধ্যেবেলা

[সাহানা আর অবিনাশ বসে আছে | আর ঘরের মধ্যে খুব উত্তেজিত হয়ে রকি ঘুরছে |]

রকি

(উত্তেজিত হয়ে)

আমি বুঝতে পারছি না, আপনারা বাবা মা হয়ে এটা allow করছেন কিভাবে |

সাহানা

(একটু বুঝিয়ে)

দ্যাখো বাবা, রঞ্জনা এখন অনেক বড়ো হয়েছে, ওর নিজের ভালো মন্দ বোঝার বয়স হয়েছে, সেখানে এই ব্যাপারে আমাদের বলার কি আছে ?

রকি

(উত্তেজিত হয়ে)

অদ্ভুত ব্যাপার, আপনার মেয়ে, একটা অন্য পুরুষের সাথে , জেক আপনি ঠিকমতো চেনেন না, তারসাথে তিনদিনের জন্য কোথাও যাচ্ছে, আর আপনারা বলছেন আপনাদের বলার কিছু নেই ?

(তারপর সবার উদ্দেশ্যে)

একটা কথা আশা করি মনে করিয়ে দেওয়ার প্রয়োজন নেই যে আপনাদের মেয়ে, আমার বাগদত্তা | আর যতদিন পর্যন্ত আমাদের বিয়ে হচ্ছে না, ওর হেফাজত আপনাদের |

অবিনাশ

Contd..

রকি, রঞ্জনা আমাদের মেয়ে | আর আমার গর্ব | আমার রঞ্জনার প্রতি পূর্ণ বিশ্বাস আছে | ওর যাবতীয় decision কে আমি respect করি , আর তিনদিনের কোথাও যাওয়াই হোক বা সেই decision তোমাকে বিয়ে করার জন্যেই হোক | এবার সে তোমার বাগদত্তা, তুমি ওকে কতটা বিশ্বাস করো বা ওর decision কে respect করো, সেটা তোমার ব্যাপার |

[রঞ্জনা প্রবেশ করে | সবাই রঞ্জনার দিকে তাকায় | রঞ্জনা সবার দিকে তাকিয়ে দেখে | সবাই গম্ভীর | রকি আর রঞ্জনাকে একা ছেড়ে দিয়ে সবাই সেখান থেকে বেরিয়ে যায় |]

রঞ্জনা

কি হয়েছে ? সবাই চলে গেলো ; এতো চুপচাপ !

রকি

Because of you , রনজু |

রঞ্জনা

(ভুরু কুঁচকে)

কেন ? আমি কি করলাম ?

রকি

তুমি তিনদিনের জন্য বাইরে যাচ্ছো..

রঞ্জনা

(আশ্চর্য হয়ে)

হ্যাঁ...তো ?

রকি

(উত্তেজিত হয়ে)

Contd..

তুমি কি করে এই decision নিলে যাবার,তুমি একটা অচেনা মানুষের সাথে তিনদিনের জন্য বাইরে যাবে...এটা কিরকম...

রঞ্জনা

অচেনা ? আমি আজ এতদিন ধরে আদিত্যর গভর্নেস...

রকি

(চিৎকার করে)

তাই বলে তুমি ওর সাথে বাইরে গিয়ে রাত কাটাবে ?

রঞ্জনা

(উত্তেজিত হয়ে)

রকি, তুমি কার সম্পর্কে বলছো জানো ? একটা অসুস্থ প্যারালাইসিস মানুষ, যার জীবন তোমার আমার মতো হবার কথা ছিল, অথচ ভাগ্যের দোষে সে আজ সব হারিয়ে বসে আছে ...

রকি

(ব্যাঙ্গের হাসি হেসে)

তো তুমি কি তাকে সব ফিরিয়ে দেওয়ার চেষ্টা করছো ?

রঞ্জনা

(ভুরু কুঁচকে)

মানে... কি বলতে চাইছো ?

রকি

একটা প্যারালাইসিস, ঘরের মধ্যে পড়ে থাকা like rotten vegetable ....কি করার ক্ষমতা রাখে সে ? তুমি তাকে দেখাশোনা করার কাজ পেয়েছো , কাজ করো এন্ড leave | এইসব rotten মালেদের নিয়ে এতো ভাবনা চিন্তা করার কি আছে ?

রঞ্জনা

Contd..

(কিছুক্ষন চুপ করে)

একটা কথা বলবে আমাকে ? বিয়ের পর কাল যদি আমি এরকম হয়ে যাই , তাহলেও আমি তোমার কাছে rotten vegetable হয়ে যাবো ?

রকি

(একটু অপ্রস্তুত হয়ে)

না না ..I did'nt mean that |

রঞ্জনা

আর তুমি জিজ্ঞাসা করছিলে আমি আদিত্যকে সবকিছু ফিরিয়ে দেওয়ার চেষ্টা করছি কিনা ? যদি পারতাম, তাহলে আমার থেকে বেশি খুশি কেউ হতো না |

(কিছুক্ষন চুপ করে)

I am sorry রকি... আমার পক্ষে তোমার সাথে সারাজীবন কাটানো সম্ভব না|

রকি

(অবাক আর উত্তেজিত হয়ে)

কি বলছো তুমি ? I Love you ...

রঞ্জনা

(হেসে)

প্রেম অর্থতার মধ্যে রকি এখন অনেক স্বার্থ, লালসা, লোভ, প্রতিশ্রুতি, দায় সব এসে গেছে, শুধু ভালোবাসাটাই হারিয়ে গেছে |

(তারপর গম্ভীর হয়ে)

তুমি এখন এসো রকি, I think it's all over |

[রকি কিছুক্ষন তাকিয়ে থাকে, তারপর খুব জোরে হেঁটে ঘর থেকে বেরিয়ে যায়| রঞ্জনা চুপচাপ দাঁড়িয়ে দরজার দিকে তাকিয়ে দেখতে থাকে রকির চলে যাওয়া|]

Scene 34.

Ext. গ্রামের রাস্তা দিন

[নেপথ্যে একটা গানের সাথে ক্যামেরা bird's eye view তে দেখছে গাড়ি চলেছে গ্রামের রাস্তা দিয়ে | দুদিকে সবুজ গাছপালা , পুকুর, ক্ষেত |]

Cut to.

[গাড়ির সামনে বিক্রম বসে আছে | পেছনের সাইট ঘাড়টা হেলিয়ে আদিত্য চোখ বন্ধ করে আছে | গাড়ির আরেকপাশে জানালা দিয়ে দেখা যায় রঞ্জনা বসে আছে | চারিদিকে সবুজের সমারোহ,, মুক্ত বাতাসের মধ্যে যেন

নিজেকে হারিয়ে ফেলেছে | গাড়ি থেকে দেখা যাচ্ছে গ্রামের পুকুরে জেলে জাল ফেলছে, চাষি মাঠে চাষ করছে, গ্রামের পথ ধরে কিছু বাচ্চা দৌড়োচ্ছে , রাস্তার ধরে কিছু বৌ মাথায় কাঠ নিয়ে বা কোমরে কলসি নিয়ে যেতে যেতে গাড়ির দিকে দেখছে |]

Cut to.

[গান শেষ হতে গাড়ি একটা বড়ো বাংলোর দরজা দিয়ে ভেতরে এসে সুন্দর সাজানো বাগানের পাশ দিয়ে একটা বাংলোর সামনে এসে দাঁড়ালো | বিক্রম দরজা খুলে বেরিয়ে এলো, তারপর রঞ্জনা নামলো | দরজা খুলে দুজনে মাইল বিক্রমকে নামাতেই একজন ধুতি পড়া বয়স্ক লোক ছুটে এলো |]

রামচরণ

(হাত জোর করে হাসি মুখে)

আরে আদিবাবা, এসো এসো, তোমার জন্যেই অপেক্ষা করছিলাম |

আদিত্য

(হেসে)

আরে রাম কাকা, কেমন আছো ?

রামচরণ

এই তো চলছে....তোমাকে অনেকদিন বাদে দেখলাম |

আদিত্য

(হেসে)

স্বাভাবিক ... আমিও নিজেকে অনেকদিন বাদেই দেখেছি |

(রামচরণ একটু বোকার মতো তাকিয়ে থাকে)

ছাড়ো,এর নাম বিক্রম, ওর দায়িত্ব হলো আমার হাত পা যাতে সব ঠিক মতো চলে সেটা দেখা, আর ও হলো রঞ্জনা....

(একটু থেমে)

ওর জন্যই হয়তো আমি আজ নতুন করে বাঁচছি |

রামচরণ

তুমি কি বলছো আদিবাবা, আমি কিছু বুঝতে পারছি না | তার চেয়ে বরং ভেতরে এসে হাত পা ধুয়ে নাও... খাওয়া দাওয়া করে একটু বিশ্রাম করো |

আদিত্য

এতক্ষনে তুমি একটা দামি কথা বলেছো কাকা, চলো, আমার পেতে খিদেতে ছুঁচোতে ডন বৈঠক দিচ্ছে|

[সবাই হাসতে শুরু করলো, তারপর সব একসাথে ভেতরে চলে গেলো |]

Scene 35.

Ext. বাংলোর বাইরে বাগান রাত

[বাগানের মধ্যে একটা বেঞ্চে রঞ্জনা একা চুপ করে বসে আছে | চারিদিক নিস্তব্দ | রঞ্জনা আকাশের দিকে তাকিয়ে আছে | ক্যামেরা আকাশের দিকে ধরলে দেখা যাচ্ছে অনেক তারা একসাথে রয়েছে | রঞ্জনার পেছন দিয়ে আদিত্য ধীরে ধীরে wheel চেয়ার নিয়ে এগিয়ে আসে | আদিত্য রঞ্জনার পাশে চলে আসে |]

আদিত্য

খুব ছোটবেলাতে বাবা মার সাথে ইন্ডিয়াতে এলে আমরা এখানে অষ্টম | তখন এখানে এসে রাতের বেলাতে আমিও এভাবে তারা গুনতাম |

রঞ্জনা

আমি তারা গুনছি না | ওই হাজার তারার ভিড়ে কিছু প্রশ্ন, কিছু হারিয়ে যাওয়া উত্তর খুঁজছি |

আদিত্য

যেমন ?

রঞ্জনা

(গম্ভীর হয়ে)

ছোট থেকেই আমি বাবার খুব কাছের, বাবা মনে করে আমি বাবার মেয়ে না, আমি আমার বাবার মা | মা যেমন একটা শক্তি, আমিও বাবার তেমনই একটা শক্তি | আমিও কোনোদিন বাবার চোখে জল, বাবার চোখে অসহায়তা দেখতে পারিনি | আমি খুব সুন্দ ব্যালে করতে পারতাম, বাবা বলতো একদিন আমি কারো জীবনে সিন্ডারেলা হয়ে যাবো | কিন্তু বাবার চাকরি চলে গেলো, আমি ব্যালের স্কুল ছেড়ে দিলাম | বাবার চোখের সেই অসহায়তা আমাকে স্থির থাকতে দেয়নি | আমিও বাবার পাশে দাঁড়াবার জন্য লড়াই করছিলাম |

(তারপর হেসে আদিত্যর দিকে তাকিয়ে)

কিন্তু যেদিন বাবা আবার চাকরি পেয়ে গেলো, সেদিন বাবার চোখে যে আনন্দ দেখেছিলাম, আমার যেন মনে হয়েছিল, আমার সব সাধনা সফল হলো |

আদিত্য

তুমি যার পাশে থাকবে সে কোনোদিন অসহায় হতে পারে না |

(হেসে)

By the way , এখানে এলাম বলে জানতে পারলাম যে রঞ্জনা একজন খুব ভালো ব্যালে ডান্সার , তাহলে তার ব্যালে তো দেখতেই হচ্ছে |

রঞ্জনা

(হেসে)

Contd..

সে হবে একদিন |

আদিত্য

একদিন না...আজ..এখন |

রঞ্জনা

(হেসে)

তুমি পাগল নাকি...এরকম ভাবে হয় না | কোনো music নেই, কিছু নেই |

আদিত্য

(রঞ্জনার চোখের দিকে তাকিয়ে)

চোখ বন্ধ করো একবার..দ্যাখো কাকে দেখতে পাচ্ছো | কার জীবনের সিন্ডারেলা হতে চাও তুমি, নিজের মনকে প্রশ্ন করো রঞ্জনা...দেখবে music তোমার চারপাশে বাজতে থাকবে |

[রঞ্জনা নিজের চোখ বন্ধ করে। চোখের সামনে দিয়ে বিদ্যুতের ঝলকের মতো যেতে থাকে চেহারাগুলো। রঞ্জনার ক্যাফের মালিক, বাবা, মা, সঞ্জনা, রকি, রুদ্রনারায়ণ, নন্দিনী.... তারপর সব পার করে দেখা যায় একটা সুন্দর গাছের নিচে পিছন ফিরে দাঁড়িয়ে আছে আদিত্য। আদিত্য ঘুরে তাকিয়ে হাসে রঞ্জনার দিকে।]

Cut to.

[রঞ্জনা চোখ খুলে ফেলে। তারপর রঞ্জনা আস্তে আস্তে উঠে দাঁড়িয়ে একটু সামনে এগিয়ে যায়। পেছনে বাজতে থাকে ব্যালের swan laker theme music। সেই মিউজিকের সাথে রঞ্জনা নাচতে থাকে। আদিত্য সেই নাচ দেখতে থাকে একদৃষ্টিতে বিভোর হয়ে।

মিউসিক শেষ হয়ে যায়। রঞ্জনা সেই নাচ শেষ করে একদৃষ্টিতে তাকিয়ে থাকে আদিত্যর দিকে। আদিত্যও তাকিয়ে আছে রঞ্জনার দিকে মুগ্ধ হয়ে।]

আদিত্য

অপূর্ব...

রঞ্জনা

এই ব্যালে থিমকে বলে Swan Lake। এর একটা গল্প আছে। এক রাকুমারীর জীবনে একটা অভিশাপ ছিল একটা জাদুকরের দেওয়া যে সে বেশিদিন বাঁচবে না , কিন্তু যদি সেই রাজকুমারীর সাথে কোনোদিন তার সত্যিকারের ভালোবাসার দেখা হয়, তাহলে সে সেই অভিশাপ থেকে মুক্তি পাবে। একদিন এক রাজকুমার আসে সেই ভালোবাসার রূপ নিয়ে সেই রাজকুমারীর জীবনে। জাদুকর অনেক চেষ্টা করে, এমনকি তার নিজের মেয়েকে দিয়ে পর্যন্ত রাজকুমারকে প্রলুব্ধ করার চেষ্টা করে, কিন্তু পারে না। অবশেষে রাজকুমারের সাথে রাজকুমারীর মিলান হয়, আর রাজকুমারী শাপমুক্ত হয়ে যায়।

আদিত্য

বাঃ .... ভারী সুন্দর তো |

[রঞ্জনা এগিয়ে আসে আদিত্যর দিকে | আদিত্যর চোখে চোখ রাখে | আদিত্যও তাকিয়ে থাকে রঞ্জনার দিকে | চারিদিকে নিস্তব্দ | দুজনের মুখে কোনো কথা নেই , যেন সেই না বলা সবকিছু সেই নিস্তব্দটাকে আরও বাড়িয়ে তুলেছে | রঞ্জনা এগিয়ে এসে আদিত্যর ঠোঁটে চুমু খায় | দুজনের চোখ বন্ধ | কিছুক্ষন পর ঠোঁটের ওপর থেকে ঠোঁট সরাতেই খুব আস্তে আস্তে আদিত্য চোখ খোলে | রঞ্জনা ধীরে ধীরে আদিত্যর পায়ের কাছে বসে, তারপর আদিত্যর দিকে তাকায়|]

রঞ্জনা

(আদিত্যর দিকে তাকিয়ে)

আদিত্য, আমাকে চিরকাল তোমার পাশে, তোমার সাথে, তোমার হয়ে থাকতে দেবে ?

আদিত্য

(চুপ করে কিছুক্ষন তাকিয়ে থাকে)

না রঞ্জনা... সেটা হয় না |

রঞ্জনা

কেন ? কেন হয় না ?

আদিত্য

(একটু গম্ভীর হয়ে)

আমি শালিনীকে ভুলতে পারিনি |

[রঞ্জনা কিছুক্ষন চুপ করে তাকিয়ে থাকে আদিত্যর দিকে | রঞ্জনার দুই চোখ দিয়ে জল নেমে আসে | রঞ্জনা উঠে দাঁড়ায় | আদিত্য তাকিয়ে আছে রঞ্জনার দিকে |]

রঞ্জনা

(চোখের জল মুছে)

I am sorry , আমি অনধিকার চর্চা করে ফেলেছি |

[রঞ্জনা চোখের জল মুছতে মুছতে দৌড়ে বাংলোর ভেতরে চলে যায় | ক্যামেরা আদিত্যর দিকে দিকে ধরা| আদিত্য তাকিয়ে থাকে রঞ্জনার চলে যাওয়ার দিকে| আদিত্যর চোখ দিয়ে নেমে আসে অশ্রুধারা |]

Cut to.

Int. বাংলোর ভেতরে

[রঞ্জনা চোখের জল মুছতে মুছতে বাইরে থেকে ভেতরে প্রবেশ করে ঘরের দিকে যাচ্ছে | মাঝখানে বিক্রম বসে আছে সোফাতে | রঞ্জনার এইভাবে প্রবেশ দেখে বিক্রম অবাক হয়ে তাকায় রঞ্জনার দিকে |]

বিক্রম

(অবাক হয়ে)

কি হয়েছে রঞ্জনা ?

রঞ্জনা

(গম্ভীর হয়ে)

আমি কালকেই কলকাতা ফিরে যাবো, আদিত্যকে বলে দিয়ো।

বিক্রম

Contd..

(আশ্চর্য হয়ে)

কিন্তু...

[রঞ্জনা দৌড়ে চলে যায় নিজের দুঃখ যন্ত্রণাকে আড়াল করে। বিক্রম তাকিয়ে দেখে রঞ্জনার চলে যাওয়া, তারপর তাকায় বাইরের দিকে। ঘরের ভেতর থেকে দেখা যাচ্ছে wheel চেয়ারে আদিত্য বসে আছে পেছন ফিরে।]

Scene 35.

Ext./Int.রুদ্রনারায়ানের বাড়ির সামনে দিন

[রুদ্রনারায়ানের বাড়ির সামনে আদিত্যর গাড়ি এসে দাঁড়ালো। দরজার কাছে নন্দিনী আশ্চর্য হয়ে যাওয়ার দৃষ্টি নিয়ে তাকিয়ে আছে। গাড়ি থেকে দেখা যায় আদিত্যকে বিক্রম আর রঞ্জনা দুজনে মাইল নামাচ্ছে। আদিত্য wheel চেয়ার নিয়ে ভেতরে চলে যায় , পেছনে বিক্রম।]

নন্দিনী

(বিক্রমের দিকে তাকিয়ে)

তোমাদের তো তিন চারদিন থাকার কথা ছিল...আচমকা চলে এলে ?

বিক্রম

আমার মনে হয় ম্যাডাম, এর উত্তরটা আপনাকে আদিত্যই দিতে পারবে।

[বিক্রম ভেতরে চলে যায় | রঞ্জনা এগিয়ে এসে নন্দিনীর সামনে দাঁড়ায় |]

রঞ্জনা

(গম্ভীর হয়ে)

ম্যাডাম, আপনি অন্য একজন গভর্নেস দেখে নেবেন আদিত্যর জন্যে | আমার পক্ষে আর সম্ভব হচ্ছে না| I am sorry ম্যাডাম |

নন্দিনী

(আশ্চর্য হয়ে)

Contd..

কিন্তু আমি বুঝতে পারছি না যে আচমকা হলোটা কি |

রঞ্জনা

(হালকা হেসে)

দোষটা আমারই ম্যাডাম... তাই শাস্তিটা আমার আমিই না হয় নিজেকে দিয়ে দিলাম | আসছি ম্যাডাম|

[রঞ্জনা বেরিয়ে চলে গেলো | নন্দিনী কিছু নুঝতে না পেরে অবাক দৃষ্টিতে তাকিয়ে রইলো রঞ্জনার চলে যাওয়ার দিকে |]

Scene 36.

Int. রঞ্জনার বাড়ি দিন

[রঞ্জনার বাড়ির দরজাতে কলিং বেলের শব্দ | সাহানা এগিয়ে এগিয়ে এসে দরজা খোলে | রঞ্জনা হাতে ব্যাগ নিয়ে ভেতরে প্রবেশ করে |]

সাহানা

(অবাক হয়ে)

আরে রনজু, তুই.....এতো তাড়াতাড়ি ? তোর তো দুদিনবাদে ফেরার কথা |

[রঞ্জনা কোনো কথা না বলে ভেতরে চলে যায় | ভেতরের ঘরের একটা দরজার কাছে সঞ্জনা দাঁড়িয়ে আছে| রঞ্জনার কিছু উত্তর না দিয়ে এভাবে চলে যাওয়াতে সাহানা ও সঞ্জনা একে ওপরের দিকে তাকায় |]

Cut to.

Int. রঞ্জনার ঘর

[রঞ্জনার ব্যাগটা ঘরের একপাশে রাখা আছে | রঞ্জনা বিছানার ওপর উপুড় হয়ে বালিশে মুখ গুঁজে শুয়ে আছে | সাহানা ঘরে এসে বিছানার ওপর রঞ্জনার পাশে বসে |]

সাহানা

কি হয়েছে রনজু... এসেই এইভাবে শুয়ে পড়লি কেন ?

[রঞ্জনা চুপ করে শুয়ে থাকে, কোনো উত্তর দেয় না | সঞ্জনা এসে রঞ্জনার মাথার কাছে বসে |]

সঞ্জনা

এই রনজু, কি হয়েছে রে ? বল না, দ্যাখ একবার, আমার আর মায়ের অবস্থাটা.....তোকে এইভাবে দেখে ভীষণ টেনশন হচ্ছে রে |

[রঞ্জনা বালিশ থেকে মুখটা তোলে, তারপর সোজা হয়ে বিছানাতে বসে | রঞ্জনার দুটো চোখ লাল হয়ে আছে | দুই হাত দিয়ে চোখটা মুছে নেয় |]

রঞ্জনা

(গম্ভীর হয়ে)

আমি চাকরিটা ছেড়ে দিয়েছি |

সাহানা

তাতে কি হয়েছে ? তোর বাবা এখন তো চাকরি পেয়ে গেছে, তুই শুধু শুধু এতো টেনশন করে কাঁদছিস কেন |

(হেসে)

পাগল মেয়ে একটা |

রঞ্জনা

(কষ্ট করে হেসে)

সত্যিই আমি পাগল বোধহয় |

সাহানা

(হেসে)

তুই বোস, আমি বরঞ্চ তোর জন্য একটু চা করে নিয়ে আসি |

[সাহানা রঞ্জনার মাথায় হাত বুলিয়ে ঘর থেকে বেরিয়ে যায় |]

সঞ্জনা

(গম্ভীর হয়ে রঞ্জনাকে)

এইবার সত্যি করে বল তো, শুধু চাকরিটাই issue ?

রঞ্জনা

(মুখ অন্যদিকে ঘুরিয়ে)

আর অন্য কি issue তুই expect করছিস ?

[সবার অজান্তে দরজার কাছে এসে দাঁড়িয়েছে অবিনাশ |]

অবিনাশ

(গম্ভীর হয়ে)

সনজু, একটু রান্নাঘরে যা তো, আমার রনজুর সাথে কিছু কথা আছে |

[সঞ্জনা ঘর থেকে বেরিয়ে যায়, অবিনাশ এসে রঞ্জনার পাশে বসে |]

অবিনাশ

সন্তান বাবার গর্ভে জন্ম নেয় না বলে যে বাবা তার সন্তানের মনের কথা পড়তে পারবে না, তার তো কোনো মানে নেই, কি তাই তো ?

[রঞ্জনা নিজেকে আর ধরে রাখতে পারে না, অবিনাশের বুকের ওপর ঝাঁপিয়ে পড়ে কাঁদতে থাকে | অবিনাশ হাত বোলাতে থাকে রঞ্জনার মাথার ওপর |]

Scene 37.

Int. আদিত্যর ঘর রাত

[আদিত্য wheel চেয়ারে বসে আছে | সামনে দাঁড়িয়ে আছে রুদ্রনারায়ণ | ক্যামেরা আদিত্যর দিকে]|

আদিত্য

সবাই চায় বাবা জীবনটা যেন স্বপ্নের মতো সুন্দর হয়, কিন্তু দুঃস্বপ্ন কে বানাতে চায় বলো ?

রুদ্রনারায়ণ

কিন্তু স্বপ্ন যতই সুন্দর হোক না কেন, ঘুম ভেঙে গেলে তাকে বাস্তবের সাথে সমঝোতা তো করতেই হয়|

আদিত্য

আমি তো সেটাই চাই না, রঞ্জনা জীবনের সাথে কোনো সমঝোতা করুক | এতটা স্বার্থপর আমি হই কি করে ?

রুদ্রনারায়ণ

আদিত্য, আজকের দুনিয়াতে প্রেমের defination টা অনেক বদলে গেছে, অনেকটা Give and Take , একটা business transaction এর মতো হয়ে গেছে | কিন্তু ভালোবাসার সংজ্ঞাটা একই রয়ে গেছে | রঞ্জনা সেই ভালোবাসাকে বিশ্বাস করে, তাই তোমাকে ওর মনের কথা বলেছে, আর যেটা বলেছে, সেটা মন থেকেই বলেছে |

আদিত্য

সব মেয়ের জীবনে কিছু স্বপ্ন, কিছু ইচ্ছে, আকাঙ্খা থাকে, কি পাবে ও আমার থেকে ?

রুদ্রনারায়ণ

চাওয়া পাওয়ার হিসেবটা বড়ো আজব আদিত্য | আমরা যেটা আমার ভেবে চাই, সেটা দেখা যায় যে আমার কোনোদিন ছিলই না, আর যেটা

আমরা পাই, হয়তো সেটা এতটা কাছের , এতটা আপন...তার পরিচয় কোনোদিন আমাদের সাথে হয়েইনি |

আদিত্য

কিন্তু...

রুদ্রনারায়ণ

(আদিত্যর কথা কেড়ে নিয়ে)

একটা সত্যি কথা বলবে আমাকে, ভালোবাসো রঞ্জনাকে ?

[আদিত্য সোজা তাকে রুদ্রনারায়ানের দিকে | ক্যামেরা close শট নেবে আদিত্যকে |]

Scene 38.

Int. রঞ্জনার বাড়ি দিন

[রঞ্জনার বাড়ির কলিং বেল বেজে ওঠে | সাহানা এসে দরজা খোলে | দরজা খুলতেই দেখা যায় বিক্রম দাঁড়িয়ে আছে |]

বিক্রম

(হেসে)

হ্যালো ম্যাডাম, আমি বিক্রম |

সাহানা

(একটু অবাক হয়ে)

হ্যাঁ, বুঝতে পেরেছি....কিন্তু তুমি..

বিক্রম

আমি আসলে রঞ্জনার সাথে দেখা করতে এসেছি, রঞ্জনা আছে ?

[সাহানা কিছু উত্তর দেওয়ার আগেই পেছনে রঞ্জনা এসে দাঁড়ায় |]

রঞ্জনা

আরে বিক্রম, তুমি ? এসো, ভেতরে এসো |

[বিক্রম ভেতরে প্রবেশ করে |]

রঞ্জনা

(হেসে)(contd..)

বসো... তা হটাৎ , কি মনে করে ?

[বিক্রম সামনে একটা সোফাতে বসে |]

বিক্রম

(হেসে)

তুমি তো এক কোথায় সব ছেড়ে চলে এলে, তাই দেখতে এলাম, কেমন আছো|

[সাহানা মাঝখান থেকে |]

সাহানা

তোমরা বসে কথা বলো, আমি একটু আসছি |

[সাহানা বেরিয়ে যায় |]

বিক্রম

তো কেমন আছো ?

রঞ্জনা

(গম্ভীর হয়ে)

ভালো..

বিক্রম

দেখে তো মনে হচ্ছে না | কেন ছেড়ে এলে সে প্রশ্ন করবো না, শুধু একটা কথা জিজ্ঞাসা করবো, তুমি কি ছেড়ে এসে ঠিক করলে ?

রঞ্জনা

(গম্ভীর হয়ে)

আমি ওখানে চাকরি করছিলাম বিক্রম, আর আমার কোনো জায়গা থেকে মন উঠে গেলে আমি সেই জায়গায় আর কাজ করতে পারি না |

বিক্রম

মন উঠে গেলে ? কিন্তু তুমি বোধহয় আসার সময় ভুল করে তোমার মনটা ওখানেই ফেলে এসেছো |

রঞ্জনা

Contd..

মানে ?

বিক্রম

(হেসে)

হ্যাঁ .. আমি সব জানি, সব শুনেছি ... আর এটাও জানি , তোমার সেই ভাঙা মনটাকে আগলে সামলে রেখেছে যে প্যারালাইসিস ছেলেটা, তার নাম আদিত্য |

রঞ্জনা

(মুখ ঘুরিয়ে নেয় চোখের জল লোকাতে)

তুমি ভুল করছো বিক্রম, আদিত্যর ক্ষেত্রে আমি অনধিকার চর্চা করে ফেলেছি | কাছে না থাকলেও তার মনের ওপর অধিকার শুধু একজনের ছিল আর আছে, সে হলো....

বিক্রম

(মুখের কথা কেড়ে নিয়ে)

আর সে হলো রঞ্জনা |

[রঞ্জনা ঘুরে তাকে বিক্রমের দিকে |]

বিক্রম

(হেসে)contd..

হ্যাঁ রঞ্জনা, আজ ওর ওপর তোমার অধিকার সবচাইতে বেশি, আর সেটা আদিত্য নিজেও মানে | ও শুধু এটা চায় না , ওর জন্যে তোমার জীবন নষ্ট হোক | তুমি ওকে নতুন করে বাঁচতে শিখিয়েছো, ও কি করে তোমাকে তোমার সারাজীবনের সুখ থেকে বঞ্চিত করতে পারে |

(একটু চুপ করে)

ও আমাকে বলতে মানা করেছিল, কিন্তু আজ আমি না বলে পারলাম না | ও তোমার কোনো দুঃখ , কষ্ট, দুশ্চিন্তা দেখতে পারে না | তাই আদিত্য ওর বাবাকে বলে তোমার বাবার চাকরির ব্যবস্থা করে দিয়েছিলো তাদের কোম্পানিতে|

Contd..

ও সবাইকে বলতে মানা করেছিল, কারণ ও জানতো তুমি খুব আত্মসম্মানী, যদি তুমি রাগ করো | ও তোমার আত্মসম্মানকে সম্মান করে |

(হেসে)

রঞ্জনা, আদিত্য তোমাকে শুধু ভালোইবাসে না, তোমাকে সম্মানও করে | ওই ছেলেটা তো সব হারিয়ে ফেলেছে, তুমিও ওকে একা করে দিলে |

(বিক্রম উঠে দাঁড়ায়)

By the way , আগামী পরশু রুদ্রনারায়ণ স্যার আর নন্দিনী ম্যাডাম, আদিত্যকে নিয়ে লন্ডন যাচ্ছে, একবছরের জন্য | আমার যা বলার আমি বলে গেলাম, বাকি তোমার হাতে |

[বিক্রম বেরিয়ে গেলো | রঞ্জনা বসে রইলো চুপ করে সোফাতে |]

Scene 39.

Int. আদিত্যর ঘর সকাল

[আদিত্য বিছানার ওপর শুয়ে আছে | নন্দিনী একপাশে দাঁড়িয়ে, রুদ্রনারায়ণ একটা ফাইল নিয়ে দেখছে| সুজি আদিত্যকে একটা চামচে দিয়ে খাইয়ে দিচ্ছে|]

রুদ্রনারায়ণ

নন্দিনী, আদিত্যর মেডিকেল রিপোর্টগুলো একটা ফাইলের মধ্যে করে আমাকে দিয়ে রেখো , আর সান্যালকে ফোন করেছিলে ?

নন্দিনী

হ্যাঁ, কিছু রিপোর্ট ওনার কাছে আছে, উনি ওগুলো তোমাকে mail করে দেবে|

রুদ্রনারায়ণ

good ....

[এমন সময় দরজা সরিয়ে রঞ্জনা ভেতরে প্রবেশ করে | সবাইকে রঞ্জনার দিকে তাকায় অবাক হয়ে |]

রঞ্জনা

(হেসে)

Good morning ..

রুদ্রনারায়ণ

(হেসে)

Good Morning fresh air ...

(তারপর এগিয়ে এসে রঞ্জনার কাছে)

আমি জানতাম... তুমি ঠিক আসবে |

[নন্দিনী এগিয়ে আসে রঞ্জনার কাছে, তারপর হেসে রঞ্জনার মাথায় হাত রেখে বেরিয়ে যায় ঘর থেকে, আর ইশারা করে ডেকে নিয়ে যায় রুদ্রনারায়ানকেও | রঞ্জনা এগিয়ে আসে আদিত্যর কাছে, আদিত্য তাকিয়ে থাকে রঞ্জনার দিকে | রঞ্জনা সুজির থেকে খাবারের পাত্রটা নেয় | সুজি হাসিমুখে দিয়ে ঘর থেকে বেরিয়ে যায় |]

আদিত্য

(গম্ভীর হয়ে)

যখন খুশি কাজে আসা, আবার মন মর্জি মতো ছেড়ে দেওয়া, আমি কিন্তু allow করবো না |

রঞ্জনা

(হেসে)

কি করবে ?

আদিত্য

চাকরি থেকে তাড়িয়ে দেব, এরকম পাগলী এমপ্লয়ী আমার চাই না |

রঞ্জনা

(হেসে)

Contd..

তোমার পাগলী এমপ্লয়ী, তোমার চাকরি থেকে তাড়িয়ে দেওয়াকে পাত্তাও দেয় না |তুমি তাড়িয়ে দিলেও দেখবে আমি ঠিক আবার এসে হাজির হয়ে গেছি |

আদিত্য

(হেসে)

তুমি সত্যিই পাগলী...নইলে

রঞ্জনা

(আঙ্গুল আদিত্যর ঠোঁটের ওপর রেখে থামিয়ে দেয়)

তোমার মতো পাগলকে এতো ভালোবাসে |

আদিত্য

কেন এতো ভালোবাসো আমায় ? কি পাবে আমার থেকে তুমি ?

রঞ্জনা

(আদিত্যর বুকের ওপর মাথা রেখে)

তুমি যেটা পেয়েছো আমার থেকে, আমিও সেটাই পেয়েছি | এই মনটা....আর কিছুই চাই না |

[আদিত্যর বুকে মাথা রেখে রঞ্জনা চোখ বন্ধ করে ফেলে | রঞ্জনার চোখ দিয়ে বেরিয়ে আসে জল | আদিত্য মাথাতে রঞ্জনার মাথার ওপর রেখে চোখ বন্ধ করে ফেলে |]

[ক্যামেরা আদিত্য ঘরের বাইরে ওষুধের টেবিলের কাছে, দেখা যায় নন্দিনী বসে আছে, সামনে রুদ্রনারায়ণ দাঁড়িয়ে | ওরা বাইরে থেকে আদিত্য আর রঞ্জনাকে দেখছে | নন্দিনী আবেগে চোখের জল ধরে রাখতে পারে না, রুদ্রনারায়ানের বুকে মাথা রেখে দেয় | রুদ্রনারায়ণ দাঁড়িয়ে নন্দিনীকে জড়িয়ে ধরে একহাত দিয়ে, অন্যহাত দিয়ে নিজের চোখের জল মুছে নেয় |]

Scene 40.

Ext. Airport Day

Contd..

[এয়ারপোর্টের গেটের কাছে রুদ্রনারায়ণ আর নন্দিনী দাঁড়িয়ে আছে | সঙ্গে দাঁড়িয়ে বিক্রম কথা বলছে | আরেকটু দূরে wheel চেয়ারে আদিত্য বসে আছে আর আদিত্যর সামনে হাঁটুমুড়ে বসে আছে রঞ্জনা |]

আদিত্য

জানি না, ওখানকার ডাক্তার আমাকে কতটা সুস্থ করতে পারবে, তবে তুমি সঙ্গে থাকলে অনেকটা জোর পেতাম |

রঞ্জনা

আমি তো তোমার সঙ্গেই আছি, সবসময়, সারাজীবন, ভয় কিসের |

আদিত্য

একটা গোটা বছর রঞ্জনা, বুঝতে পারছো |

রঞ্জনা

(হেসে)

দেখতে দেখতে কেটে যাবে... তুমি আমার কাছে আসার জন্য অপেক্ষা করো, আর আমি এখানে বসে ক্যালেন্ডারে দিন গুনতে থাকবো | দেখবে , একটা বছর কিভাবে কেটে যাবে বুঝতেই পারবে না |

আদিত্য

(হেসে)

তুমি বলেছিলে , দিনে দশবার Love you বললেই ভালোবাসা প্রমান হয় না, তাই আজ একটা কথা বলতে ইচ্ছে করছে, চিরকাল তোমার পাশে আমাকে থাকতে দেবে তো ?

[রঞ্জনা নিজের মাথাটা আদিত্যর পায়ের ওপর রাখে |]

রঞ্জনা

তোমার রঞ্জনার যে আজ তোমাকেই পাশে দরকার...

[বিক্রম এগিয়ে আসে |]

বিক্রম

Contd..

আদিত্য, এবার যেতে হবে, ফ্লাইটের সময় হয়ে গেছে |

[রঞ্জনা সোজা হয়ে উঠে দাঁড়ায় | আদিত্যর দিকে তাকায় | আদিত্যও তাকিয়ে থাকে রঞ্জনার দিকে |]

আদিত্য

Bye রঞ্জনা, সাবধানে থেকো |

রঞ্জনা

(হেসে)

এসো , অপেক্ষায় রইলাম |

[আদিত্যকে চেয়ার ঘুরিয়ে নিয়ে বিক্রম পৌঁছে দিলো এয়ারপোর্টের গেটের কাছে| রুদ্রনারায়ণ আর নন্দিনী হাত নেড়ে ঢুকে গেলো ভেতরে | বিক্রম ও রঞ্জনা হাত নেড়ে বিদায় জানালো |

রঞ্জনা এয়ারপোর্ট থেকে ঘুরে হাঁটতে লাগলো রাস্তা ধরে | কিছুক্ষনবাদে একটা প্লেন মাথার ওপর দিয়ে উড়ে গেলো | নেপথ্যে একটা end credit song চলতে থাকে | রঞ্জনা হেটে চলে যাচ্ছে, ক্যামেরা পেছন থেকে রঞ্জনার চলে যাওয়া শেষ পর্যন্ত দেখাতে থাকে |]

....The End...

বিষয়বস্তু

www.ingramcontent.com/pod-product-compliance
Ingram Content Group UK Ltd.
Pitfield, Milton Keynes, MK11 3LW, UK
UKHW042057021026
15589UKWH00001B/19

9 798886 671872